柳青（1916—1978），原名刘蕴华，陕西吴堡县人。1936年在西安主编《学生呼声》，加入中国共产党；1937年任《西北文化日报》副刊编辑；1938年赴延安，先后任文化教员、随军记者、米脂县基层乡政府文书等；1951年任《中国青年报》文艺副刊主编；1952年回到陕西，担任长安县县委副书记，后来辞去县委副书记职务、保留常委职务，定居长安县皇甫村，潜心创作《创业史》；1954年任中国作家协会西安分会副主席。出版有散文集《皇甫村三年》、短篇小说集《地雷》、中篇小说《狠透铁》、长篇小说《种谷记》《铜墙铁壁》《创业史》等。

在旷野里

柳青

中国青年出版社

出版说明

著名作家柳青的长篇小说佚作《在旷野里》，写于1953年。原稿无题，因文中多次出现"旷野"而得名。小说叙事条畅，人物形象饱满，主题内容深刻，彰显着柳青伟大的现实主义精神。

中国青年出版社出版的柳青长篇小说《创业史》，与《红岩》《红日》《红旗谱》合称"三红一创"，成为"激励一代代中国人梦想和奋斗"的当代文学经典。在社会各界关心支持下，中国青年出版社推出这部"新中国文学史上的遗珠"——《在旷野里》，以飨读者。

手稿（一）

你是否嘛，嗯，这里有点紧张。你作为一个共产党员好虫的材料，不很详细，可是给农民宣传够了。你让党里印一下。等候四周区哩，不要闹乱子又哩！完！……雨看兄吧。"

朱明山等着徐心听着不住的神情说着，拿了电话，幼稚地吩咐冯克祥叫演唱区上派人把材料送过去。

"这个材料的态度很对，而错用的时间和方式不太好。"他很诚恳地掏出冯克祥给了他的那份关于好虫如意宣传材料交还他。冯克祥看见朱明山那副恳切宽厚的党得自己肚里笑得空而逐不是故说作出来的，做作出来给人看破更显得小人。

朱明山石吭嚷，把钱吴生亮一块走了。

（未完）

一九三三，十月七日。

目录

一	二	三	四	五
003	012	020	032	040
六	七	八	九	十
048	056	063	072	079
十一	十二	十三	十四	十五
087	097	105	115	123
十六	十七	十八	十九	二十
134	143	153	165	179

过去的工作只不过是像万里长征走完了第一步。残余的敌人尚待我们扫灭。严重的经济建设任务摆在我们面前。我们熟习的东西有些快要闲起来了,我们不熟习的东西正在强迫我们去做。

——毛泽东

一

一九五一年七月初的一天，午后三点钟，一列普通客车从渭河边上的一个中等车站开车了。

朱明山在城里的地委会耽搁的时间略微长了一点，他刚刚挤进热烘烘的车厢，列车就在他的脚底下蠕动了。他翘起挂着汗珠子的下巴朝前望着，在乱杂杂的用扇子、报纸、画报以及手巾扇着凉的旅客们中间瞅到了一个空位。他把他被疾病所迫离开军队两年以来逐渐笨重起来的铺盖卷塞到行李架子上，又把完全是"进城"以后新添的一份财产——一口手提皮箱——填到座位底下的时候，列车已经出了烟尘弥漫的市区，带着轰轰隆隆的巨大响声，冲到渭河平原上的田野中了。

车厢里立刻变得轻松愉快起来。凉风从纱窗里灌进来，甚至钻进人们的单衣里面，叫人浑身上下每一个毛孔都觉得舒服。透过纱窗，眼前展开了一眼望不到边的已经丛茂起来的秋庄稼，远远近近地隐蔽在树林子里的村庄，一节看见一节又看不见的、反射着阳光的渭河，以及那永远是那么雄伟、那么深沉、那么镇静的和蓝天相衬的黑压压的秦岭……扩音机播送出"五一"节以后在全国每一个角落流行起来的歌唱我们伟大祖国的歌曲，歌声压倒了车厢里愉快的谈笑声。

朱明山早已揩了他的满头大汗，解开了上衣的每一颗纽扣，在自己的座位上坐了下来，带着一种令人难以捉摸的笑容，不知道他心里有什么喜事。难道这个三十岁上下的陕北干部——大关中解放以来，这样的干部到处有，即便有穿上呢子制服的，也盖不住他们举动上的那点农民底子，人们一眼就可以看出——是请准了假，要回老家去同爱人、大人和娃们见面吗？

朱明山感觉到他周围的人们都在看他，或者甚至可以说在研究他。可是他并不觉得他有必要把喜悦收藏起来，就是他强制自己这样做也办不到。他带着他一贯的坚定神情，看看车厢里，又看看车厢外面。他满意的神情给人一种印象：好像世事照这样安排是最好了，好像平原、河流和山脉都归他所有了，好像扩音机在为他播送歌曲……

列车发出更大的响声过一座桥，略微有点颠簸。过了桥，朱明山抽着一支烟，眼角上露出回想起有趣事来的微笑。

"德麟同志,你放心。"他在心里和他上车以前才告别的地委书记说话。这位书记经常带着的亲切笑容和因为他表示要搭这一趟车走而牺牲了午睡和他进行的谈话,给他一种可以信赖的印象,虽然他这个新的领导者对他的想法有些他认为是多余的:"你不愿意明白说出来?可是我看出你的意思。我不是野心家,不管哪里找个滩滩①,自己能发号施令就行了。也许的确有些人厌烦了农村工作,以为在什么地方可以找到点简单容易的事情做一做;可是将来的事实也许会叫你明白:我愿意离开高级领导机关,争取到县上去工作是怎么回事。事实是最好的说明!……"这最后一个概念,他差一点说出声来。

十分自信地想着,一抹不愉快的表情浮上了朱明山依然残存着病态的长形脸,代替了原来的笑容。地委书记对他的私人生活表现得特别关心,那种过细的询问和询问时眼里闪着的怀疑的笑意,使他很不舒服。"你为甚要下来工作了,可叫爱人去进西北党校学习

---

① 关中方言,"小地方"的意思。

呢？""是她主动要求的吗？""两个小孩往保育院送的时候，你们很容易取得协议吗？""你老丈母回陕北去的时候很痛快吗？"……如果不是德麟同志最后表示了解的爽朗的大笑，朱明山差不多就想顶他两句了。因为他不愿今后的这个直接上级对他一开始就有一种不诚实的印象，以为他是为了解决私生活矛盾的便利，才积极争取到下边工作的，好像在西安的时候部里那些无聊的人私下议论的一样……

"可是你知道爱人时常不在一块儿的滋味吗？"他耳朵里好像还震荡着德麟同志挑逗的笑声，"等她党校毕业以后，我负责给你把她要来，嘿嘿嘿……"

穿着洁白罩衣的列车员掂着一大壶开水从背后来到朱明山跟前，才把他从深沉的回想中唤醒过来。他要了一个茶杯和一小包茶叶，喝着茶，决心不再去勾起那些已经过去的事来。从今天下来以后起，在他生活的路程上要开始一个新的阶段了。他要拿困难的一九四七年离开他领导的那个区时，带着一群青年农民走上军事战线的坚决步伐，来走摆在他面前的这段路程；不管地委书记冯德麟要他注意的那些问题有多么复杂。

车厢的那头，有几个旅客凑在一块儿看一张报纸。他们在列车的喧闹声中高兴地谈论着什么，那种兴奋鼓舞的样子吸引了朱明山。

塞得鼓鼓的两个口袋在敞开的衣襟子上摆动着，朱明山小心地举着茶水走过去。

是西安上车的旅客带来的头天的报纸。

朱明山插在别人中间看着——朝鲜停战谈判七月十号要在开城举行了。美国的李奇微放弃了在一只丹麦船上进行谈判的企图，并且提议在十号以前首先举行预备会议，要求给他的联络官们安全保证。金日成和彭德怀两将军答复预备会议在八号举行，"关于准备接待贵方联络官们的事宜，我们已通知我们在开城地区的部队首长了。"

"多带劲的口气，"一个学者一样的老年旅客振奋地扶扶他的眼镜，评论说，"我们中国有一百多年没用这种口气和外国打交道了。"

"念念咱听听！"一个显然是不识字的老眉皱脸的铁路工人伸长脖子请求着。

附近有些拿着长烟袋的农民旅客，还有些短头发梳得光光盖着洁白毛巾的农村妇女，都把脸朝着这边。他们用充满兴趣的笑容支持老工人的请求。

"我给咱们念！"朱明山痛快地说，把他的茶杯放在别人桌子上。

他按顺序念着双方的复电和来电。他连念带讲。开始的时候仅仅是不愿看见那些工人和农民渴望的脸孔因不能满足而暗淡下去，不想他越来越把这节车厢变得像个宣传鼓动棚了。半节车厢的旅客都在听着他念报，有些人还站起来。他更加大声地念着和讲着，以至于可以明显地看出，那个带来这张报纸的戴着眼镜的老年旅客不喜欢朱明山这样不安静的人。

"当然不能到海船上和他们谈判，"老工人满意地说，"我听说日本投降是在一条海船上谈判来着，这阵他们又没打胜！"

"他们打败了！"一个年轻轻的干部受朱明山那股劲感染，大声宣布着。

戴眼镜的老人脸上显出不同意的神色。他谁也不对着谁，心平气和说："也不要说过火了。是个不分胜败的战争就是了……"

"老先生，我不同意你老人家这号模棱两可的说法。"朱明山进一步参加了辩论，"要看你从什么角度看问题。要是说把美帝国主义者赶下海去，当然是没有；要是论敌人去年冬天不听周总理的警告，冲到鸭绿江边上，炮弹都落到我们的地面上来了，现在他们是惨败了。北朝鲜的几次大包围战，敌人不会睡一觉就忘了。

敌人要是再敢上来，那就要经过很好的考虑。我看这就是他们愿意用眼前的这种方式和我们谈判的道理！"

旅客们带劲地点着头，附和着朱明山。老先生不声不响点起他早已灭了的卷烟抽起来。朱明山等待老先生的反应，可是他没有吭声。这使得朱明山感觉到他在西北大区的一个部里当了一个时期科长，幸好把他过去在陕北当区长和区委书记以及后来在军队里当连指导员和营教导员的那套讲话习惯丢掉了；不然他最后问一声"是不是这个道理"，大家再一哄"就是这个道理"，那就对老先生更不礼貌了，因为看起来老先生也是相当爱国的。

车厢里这块那块都是关于爱国主义的谈论。人们谈论着土地改革以后的新气象；谈论着镇压反革命给人们的痛快；谈论着爱国公约像春天的风一样传遍了每一个城市和乡村；谈论着抗美援朝武器捐献的踊跃；谈论着缴纳公粮的迅速和整齐……有一个农民粮客说，几天以前他们村里为了感谢共产党的领导，在共产党成立三十周年纪念日的那天，一天之内有组织地缴清全村四百几十户的公粮。

一九五一年爱国主义的高潮在这节车厢里泛滥起来了。朱明山走回他的原位时，中途一个留了胡子的农民扯住他的袖子,像老朋友一样向他报告:"我只剩了三斤棉花。政府号召卖棉花,说咱们的工厂里要棉花。我屋里的说:'人家单等你那三斤棉花,工厂才能开门哩!'我说一斤是一斤,送给收花站了。"

"你做得对!"朱明山不厌烦地听完,好像一个评判者一样夸奖着。

朱明山回到原位上,他的邻座用笑脸迎接他,再也不用研究的眼光看他了。他们有的请他抽烟,有的请他吃水果,都说他说得对。他因为人们对他的过分殷勤而略微感到拘束,经过了好一阵客气,他才重新平静下来。

他还没有到他新的岗位,已经预感到他将要开始一种多么有意义的生活,这又不能不引起他对过去两年的惋惜。他被西进部队"甩"下来,因为严重的肠胃病"跌"进医院去,好几个月"爬"不出来。一九四九年十月一日的礼炮轰得他在医院里蹲不住,他再三地要求工作。可是正碰上大行政区机构成立,他被安置到办公室里去了,还说他是一个有相当文化水平的工农干部。他坐在科长办公桌后面审阅、批核卷宗的时候,甚至于嫉妒那些随军撒在甘肃、青海、宁夏、新疆的同志和后来到了朝鲜的战友们。他曾经报名要求到朝鲜去,做他解放战争后期所做的后勤工作,可是他得不到允许。他也曾经要求学习过,可是好像只有那些根本拿不起工作或把工作做坏了的人才容易得到学习的机会,而他得到的回答总是"在工作中学习"。很幸运,最近部里变动把他腾出来了。

"现在我要在工作中学习了。"朱明山高兴地想着,弯下腰去提出他座位底下那口手提皮箱,那里面是他两年来陆续积累起来的他心爱的书。

列车在向朱明山要去工作的那个县奔驰着。他在读着新近出版的《中国共产党的三十年》,间或用钢笔在书上打着记号,好像车厢里只有他一个人……

二

列车把朱明山带到他要去工作的那个县境内的头一站上,他就没有兴致继续看书了。离下车只剩了一站,他把书收起来,把座位移到空起来的靠车窗的地方去。他用一种比以前的几站特殊的注意力,向车窗外望着。

这是他今后一个时期活动的地区。对于职务本身的直接感觉,也使他对铁丝网外面那一长排喧嚷着卖茶饭、水果的老人和妇女,对那边田野里的棉花、谷子和包谷,对那个临近渭河的市镇,产生了一种更密切的精神联系。他的眼光由近处看到远处去,看到渭河那边去,达到目力所及的平原的最远处,以至于对近处的动静反而模糊了知觉。

直到小车站上通知开车的钟声当当当响了的时候,他才发现他身边坐了一个新上车的女同志。在灰制服的肩膀上垂着两条辫,她用一本莫斯科外国文书籍出版局印行的装订很好的书,朝她因为出汗而显得特别红润的二十岁上下的脸庞扇着凉。

朱明山看见女同志扇凉的是这两年在中国最流行的书籍之一——加里宁的《论共产主义教育》。他也特别喜欢这本书。他曾经给他的爱人高生兰介绍过很多次，催促她读它。她拖了好长的日子，才说她读过了。可是从她的生活态度上看来，她读过的收获很小，以至于令人疑心她是不是用心读了，或者是不是真的读了。

这大约是人之常情。每个人都愿意自己的爱人从外貌到内心都是像自己理想的那么美；有一些人很注意外貌美，另一些人更注意内心美。当一个男人很满意自己的爱人的时候，没有一个另外的女人可以吸引他的注意；但是当一个男人感到自己的爱人没有一种美或失掉了一种美，而从另外的女人身上发现了的时候，他会不由得多看她两眼，虽然他并没有更多的打算。朱明山带着这种心理赏识地看他身边的那个女同志的时候，列车开动了，她好像一点时间都不愿浪费，已经开始专心致志读她随身带的那本《论共产主义教育》了。

朱明山意外地看见那女同志微微高起的胸脯上戴着他要去的那个县委会的圆形徽章，红底黄字，上面嵌着精巧的镰刀和锤子。

"你在这里的县委会工作吗？"朱明山高兴地问。

女同志从书上抬起她的一双圆大的长睫毛眼睛，打量一下这个陌生的旅伴，然后毫无表情地轻声说："团县委。"

"下乡去来吗？"

"唔。"女同志已经重新看着书，更简单地答应着。

"夏征工作快结束了吗？"朱明山进一步问，显着了解这个县的情况。

"唔，"女同志却带着一般女人对于陌生男子保持距离的神情答应着，揭过一页书，又更正说，"还得几天。"

朱明山用一种长者的或领导者的风度笑笑，不再去打扰她了。一方面，朱明山不是那种乐于自我介绍身份的人；另一方面，他也不愿意占去别人显然是抓住每个机会学习的时间。谈话就这样中止了。

他抽着一支烟，独自望着车窗外面的田野和村庄，竭力控制自己不要想起不愉快的往事；可是在他还没有进入任何实际问题以前，他的思维像一个摇动的指南针一样晃悠着，终于还是在一星期以前他帮助搬到西北党校的高生兰身上定住了。

"生兰，"朱明山从心里向远在西安南郊古老的小雁塔底下的爱人说，"我希望你在这回学习当中，恢复你当年像这个女同志一样的那股劲儿。你不要难过，不要老念叨你的母亲和娃娃们，他们不是你活着的唯一目的……"

朱明山在琢磨着高生兰在党校学习的情绪，两口子的离别使他感到一阵酸楚。熟人里头议论他处理家庭问题的坚决，以为他从部队上下来，已经变成一个铁石心肠的人了，其实他何尝不是当爱人坐在身边的时候觉得更幸福呢？可是他知道，如果不让高生兰到党校去学习一个时候，他就要永远失掉他俩结婚的时候所有的幸福。

当朱明山在陕北的一个区里当区委书记的时候，高生兰从中学里毕业，来到那个区上。她开始的时候当乡文书，半年多以后，由于她那种生气勃勃的生活态度和工作精神，被提到区上当宣传委员。全区的干部谁不爱高生兰呢？可是她不愿和任何人超出工作关系一步去。对于朱明山，她也是仅仅敬慕他处理问题的原则性和做艰苦工作的坚韧性，而惋惜他文化程度低。她向他学习，又帮助他学习。朱明山以一个三冬"冬学"的老底，加上工作中的逐渐积累，甚至于在高生兰帮助之下，读完了部头那么大而字却那么小的苏联小说《被开垦的处女地》，引起当时多少干部的惊奇。开头那么困难，可是读到后来却放不下了。高生兰把他引进了新的世界，开始了一种不知足的探索，后来他连续读了那个时期风行全陕甘宁边区的《日日夜夜》和《恐惧与无畏》。共同的目标和共同的兴趣终于使他们谈起爱情问题。在他们结婚的时候，高生兰曾经用那么轻蔑的神情嘲弄那些生了孩子的各种负责同志的爱人，保证她自己不会当家属。那是令人兴奋鼓舞的一九四五年的事了。

一九四七年的战争把他们分开了。朱明山参加了八百里秦川全部解放以前的每个大战役。他度过多少次牺牲的危险，一九四九年夏天关中的奇热中，在没命地追赶敌人的胜利的紧张中，便脓便血又把他和战友们分开了。高生兰从另外一条苦难的路上走过来和他会合。她带着一个、后来是两个孩子，在战争中从无法照顾有孩子的女同志的县级机关里疏散回家，和她母亲在一块儿逃难。在战后满目凄凉的日子里，她又和母亲靠着政府给两个孩子可怜的十分有限的一点点好不容易运到陕北的粮食，度过陕北饥饿的一九四八年。她变成一个村妇，上山去挖野菜；她背着毛口袋，到乡镇上去卖她娘家的破烂儿；她有时带着小的孩子，到乡下的朱明山家里去糊几天口。她的组织生活只剩了个党的关系，因为她没有办法给别人出一点力。特别使朱明山惋惜的是：她和书报绝了缘，而同针线和碗盏结了缘。朱明山在西安接待了他们大小四口不几天，就发现高生兰变得那么寒酸、小气、迟钝和没有理想。她在精神上和她母亲靠得近了，和她丈夫离得远了。

车厢里，朱明山身旁坐的那个女同志发出了轻微的笑声。他从车窗扭过头来，女同志依然面带笑容看着书。那是一本常常引人发笑的书，可是高生兰甚至没有兴趣和他谈它的内容；他硬要谈的时候，她总是拿别的家庭琐事岔开来，而以一种几天都不愉快的争论结束了。

一九四九年十月一日的礼炮声在高生兰头脑里引起了可笑的反应——这就是"最后胜利"，好像她根本不知道毛主席新的名言："万里长征走完了第一步"。她的苦难（这是十分令人同情的）一结束，新的世界使她头脑里滋生了安逸、享受和统治的欲望。高生兰在朱明山工作的部里管图书，经常不按时上下班，有时在办公时间坐在办公桌后面打毛衣、缝补小孩的衣服，甚至按照某种新鲜图案绣花。她甚至不用手，而用下巴支使她的两个干部——一个女青年团员和一个戴着老花眼镜的留用人员。日子久了，人家对她提出了意见；她竟然给人家扣起"不服从党的领导"的帽子。后来，她要被调到收发室去，朱明山耐心地说服她接受这个新的工作，可是她一直为这个"低下的位置"闹情绪，不考虑怎样把这个工作做好。在一次粗心大意地把一份内部文件当作一般信件错发出去以后,她就连这个"低下的位置"也不能胜任,完全住在家属院去了。无论在图书室或者在收发室工作,她从来没有在大灶上吃过饭,总同她的母亲和娃娃过小家庭生活,而且还要用照顾朱明山的肠胃病的名义。朱明山不乐意这种"照顾"的时候,那就要牵涉到她手背上露出的青筋和眼角上增添的皱纹。最使朱明山气愤的是:上半年他到部里领导的一个学校里去搞整风中的清查工作,她从机关里重领了他一个月的伙食。他奇怪一个人思想溜坡的时候,怎么完全闭着眼不顾危险呢?朱明山在"七一"前部里整风的支部大会上,严厉地揭发了这个事实;虽然他回到家里要用比支部大会上发言更长的时间解释和鼓励她。

"我希望你在党校能慢慢重新认识你自己……"朱明山想着,把烟头子使劲扔出车窗外面去。

车头上的汽笛叫了,列车要到站了。

朱明山身旁的女同志把她的书合起来,小心地装进她的帆布挂包里去。她站起来,把她的两条辫甩到肩膀后边去,准备下车。当她发现这个陌生的旅伴也在准备下车的时候,她疑惑起来了。

这回是女同志先问:"你到我们县上去吗?"

"唔。"朱明山含蓄地笑笑。

"到县委吗?"

"唔。"

"从省委来的还是从地委来的?"

"我是到这里工作来了。"

"啊噢,"女同志明白了。她因刚才对他的冷淡略微红了脸,可是随即带着一种开朗的欢迎的笑容说:"听说新的县委书记要来了。叫我给你拿一件行李。"

女青年团员泼辣地抓住了朱明山的手提箱。朱明山不要她拿,因为这个手提箱看起来小,实际和行李卷一样重。可是女同志抓着不放,车已经停了。朱明山只好等下了车再说,就跟着她下车了。

三

位置在大平原上成千个稠密的村庄中间,一个小县城除了一两条小街和街面上多有几座瓦房和铺面,它和朱明山在解放战争中经常宿营的那些土围墙里的大堡子也没什么大差别。朱明山和青年团县工委的副书记李瑛——在路上谈话中知道——跟着推行李的手车进了离车站二里多的县城,拐过三两个弯,就到塬坡底下的一片树丛里的县委会了。

县委会刚开了晚饭。朱明山立刻同许多带着陕北口音和带着关中口音的干部见了面。拥在他面前很多的笑脸,问候啊、介绍啊、握手啊——这样急促,以至于除过在陕北就惯熟的、听说是新近由组织部长提成副书记的赵振国,朱明山相信紧接着让他再来叫出他们的名字或职务就很困难了。可是这没关系,他会和他们混得很熟;他从他们的笑脸上感觉到他们是欢迎他、需要他的。同时,他从他们的眼光上感觉到他们在观察他是怎样一个领导者。

脸上刻着记录自己所经过的困苦的一条条皱纹、像多数山地农民一样驼着背的赵振国，给书记的到来乐得不知如何是好。他张罗着叫管理员另准备饭，叫通信员打洗脸水、泡茶，就拉朱明山先到他屋里休息。

朱明山连忙伸出一只手叫什么都不要动，大家照旧吃饭。说着，他自己就走到摆在院里的一张桌子前，取了碗筷，盛了饭，回到赵振国的那一滩滩就地席跟前蹲下来吃饭了。很多滩滩的饭场里，有人翘起下巴或扭过头来看他一眼，然后意味深长地抿嘴笑笑或互相点点头。当新来的县委书记和他同席的人谈起话来的时候，饭场上的谈笑声重新普遍起来了。

朱明山到桌子上去盛第二碗饭的时候，听见李瑛小声地给她同席的人说："可朴素啦。准备从车站往城里扛行李……"

"李瑛同志，你在背后议论旁人的什么？"朱明山盛了饭，转身笑说。

李瑛对她的同伴伸伸舌头，随即勇敢地站起来，带着女性的羞赧说："朱书记，我当成你那小皮箱里有金子，那么点那么沉……"

"没金子，可是有比金子更贵重的东西。"

"啥？"

"书。"

饭场里一片微笑的脸。朱明山走回他的原位，就觉得和大家开始熟了。

饭后，他把他的组织关系和介绍信给副书记交给组织部。记着冯德麟告诉他的关于团结的话，他就提议到县政府去转一转。县委在家的几个主要干部和他一块儿到了拐过一个街口的县政府，梁县长刚起身到离城八里的县农场去了，根据他的习惯可能晚上不回来。秘书要打电话，朱明山叫不要打。他们又和县政府两三个科长一块儿出了城，在城外清水河里洗了个半身澡，又沿着河边的树荫绕了个大圈，从另一个城门进来，天已经黑了。

朱明山和赵振国转着把县委会所有的地方包括他的房子看了看，就在院子里乘凉。他们把裤子卷得像短裤一样，光穿个汗背心，抽烟、喝茶、谈话。

这是农村里迷人的夏夜——没有耀眼的电灯，月牙和繁星从蓝天上透过树丛，把它们淡淡的光芒投射到模糊的瓦房上和有两片竹林子的院落里。四外幽雅得很，街巷里听不见成双结伙的夜游人的喧闹，水渠在大门外的街旁无声地流过去，各种爱叫的昆虫快活地聒噪，混合着什么高处宣传员用传话筒向在打麦场上乘凉的居民报告最近的新闻……

一个人从嘈杂炎热的都市来到这里的第一天晚上，不要说他已经看见了今后一个时期要和他共同工作的许多人，光光这个新的生活环境，也可以使他一夜不瞌睡。朱明山喝着茶，看见黑黝黝的山峰压在南边一排房顶上，仿佛秦岭就在院子外边。

"这里到山根底下有多远？"

"到最近的一个山口子四十里，"赵振国放下茶杯，开始给书记介绍总的情况，"这是个南北长条子县。城南七个区，城北八个区，四个区在渭河以北。城北主要是产棉区，城南原上的三个区是产麦区，溜南山根的四个区因为山里流出来的几条河，有一部分稻田……"

赵振国说着，转动着瘦长的身子，在黑夜里指给对方看那些区的方位。朱明山留心地听着，自他担负起各种性质的领导职务以来，从不愿在一些最简单的基本情况上重复地问人。当他听到这个县还有一部分稻田的时候，立刻感觉到这对他是种完全新的东西。

"稻田很多吗？"

"多是不多，"赵振国见书记表现出浓厚的兴趣，谈兴更大地说，"这里的群众可有个特点，不要看他们一年种两茬庄稼，庄稼的样数可没咱陕北多；他们又从主要的里头抓主要的，把大部分本钱和工夫都纳上去了……"

"这就是说，一茬主要的庄稼瞎了，生活就成大问题了？"朱明山充满兴趣地接应着。他坐在躺椅上，身体却朝前倾着，两手捧着一个茶杯，在黑夜里探头注视着副书记。

"对，"赵振国咽了一大口茶，兴致勃勃说，"不像陕北说的，坡里不收洼里收。"

朱明山连连点着头，说："我们做工作就要抓住这种特点。你到这里就在县上吧？"

"不啊，乍① 解放那阵在区上，"赵振国好像对自己的经历很生疏似的回忆着，伸出手用指头计算着，"我看：剿匪、减租、反霸，反霸以后才到县上。"

"到县上就做组织工作？"

"名义上是组织部副部长，实际上搞了三期土改训练班。"

"那你对老区干部和新区干部都摸得很熟啊！"朱

---

① "刚刚"的意思。

明山高兴得眼里闪着光。

"熟顶甚？"赵振国谈起他个人的问题，渐渐显出了苦恼的样子，"熟也是老婆婆的家务账，又没个头绪。咱在陕北一个县上当区委书记，你又不是摸不着我的底子。土改以前没指望，土改以后我倒抓得紧，给地委一连打了几回报告，要求学习，结果常书记倒给调走了。我看我大约要不大不小犯上个错误，才能离开这达……"

赵振国说着，表现出明显的不平。朱明山几年以前所熟悉的赵振国那股牛性子，现在又在这里看到了。他想起地委书记说赵振国不安心工作的话，解释说："这是个普遍问题，要慢慢一步一步解决，不过主要的还要看在工作中学习。"

"那也要有个底嘛，一摊子不知从哪达抓起哇，"赵振国苦恼地诉说着，后悔莫及地说，"在陕北工作了那么多年，没注意学习，真是冤枉！那阵众人见你随常夹一本厚书，还笑你冒充知识分子哩。"

朱明山回忆起当时的情形，忍不住笑了笑。他想起高生兰对他的不小的帮助。她把那些书的内容告诉他，那些内容切合他眼前的工作这一点怎样吸引住他，高生兰又怎样鼓动他和帮助他解释疑难，他才摸进一个新世界的门道……

"各人有各人的情况，"朱明山毫不感到有什么值得自负地问，"嫂子和娃娃们都来了吗？我记得你的娃娃还不少……"

"来了就养了一个娃了，"赵振国负担沉重的样子，好像他的烦恼这时集中到这一点上，"生兰不管怎么，还可以进党校学习。我那老婆往哪达送去？快四十了，斗大的字不识得一个。就算有个地方送，娃娃们又往哪达填？"他抽着一支烟，加添说，"不是咱熟，我不和你说这些。"

"我知道。"朱明山了解地说，他知道副书记从来就是一个不愿意诉苦也不愿意多解释的人，总是直截了当提出要求或直截了当承认错误。这就是人们常常用"坚韧""耿直"和"顽强"一类字眼所形容的性格；他的缺点就是有时有些简单化和执拗，但都是可以用一种适当的方式说转的。有一宗事实特别使朱明山满意他这个副手：早听说在陕北战争中，他们工作的那个县被胡宗南匪军占领的时期，赵振国担任区委书记的那个区的区长可耻地叛变了，领着敌人抓区委书记；赵振国领着游击队抓叛徒。互相找来找去，不过十多天，赵振国就在一个夜里从敌人占领的地方抓回了叛逆。现在，朱明山听了他的苦恼，亲切地安慰他说："在新局面里发生了许多问题，慢慢都要解决的；咱们的新国家成立还不到二年。"

赵振国显然不愿谈话沿着这股线继续下去，他知道书记的意思，就问："关于干部思想方面，总的情况在地委知道了吧？"

"德麟同志大致谈过一下。"

"我就是典型。"

"看你又来了，"朱明山伸手在副书记的光腿上拍了一拍，"你才还说着，我又不是不了解你？"

"实在嘛，"赵振国略带惭愧地笑笑，然后郑重其事说，"老区干部没文化，一套老经验已经使唤完了。新干部起来了，有文化，虽说有些不实际，劲头大，开展快……"

"这是好事情。"

"因此老区来的干部苦恼。怎办哩？旧前土改完了争取战争胜利，而今土改完了路长着哩，一眼看不到头，模糊得很，复杂得很。你给大家讲社会主义，大家要解决眼前的问题。说成了问题，什么都是问题……"

"都是些什么具体问题呢？"朱明山在军队里已经养成一种习性，不管情况多么危险或复杂，他自己总是注意保持着平静。

赵振国正要说话,却在黑暗中盯着院里的两片竹林子中间的走道,接着出现了一个十三四岁的女子,搀着一个六七岁的娃娃。

"来来来。"朱明山估计是赵振国的孩子们,向他们招手。

小娃娃跑来爬在赵振国的肩上,小手扳着他的下巴:"爸爸,渭生要会爬了。"

"这是甚好消息?往后还要和你一样跑哩!"赵振国笑着说。他并不显得厌烦,却亲昵地拍打着娃娃软绵绵的屁股。

"啊哟,一口关中口音。"朱明山拉小娃的手,拉不来,只摸摸他的光头。

赵振国把手电交给站在旁边的女娃,要她把小孩带去睡觉,这才给朱明山解释,家里房子小,夏天嫌热,分两个小孩跟他睡。

"你看见了吧?这就是具体问题:家庭问题。来了的是负担,没来的常写信喊叫困难,想离婚又不是个简单事。工作问题、学习问题、前途问题……纠缠不清。"

"是。"朱明山同意地点头,"每一个人的问题都不简单。"

于是赵振国谈起一些具体的人和具体的事，他们的思想和他们的态度。他有时谈得苦恼，有时谈得气愤，用手掌响亮地打着他的光腿。他们说着，把两人所带的烟都抽光了。小县城里已经听不见多少人声，在一片昆虫的聒噪声中，前院的电话室里，一个当地口音的青年人的大嗓子在询问各区夏征工作的进展情形。

朱明山陷入了沉思，他的头脑已经被赵振国用许多具体事实所说明的地委书记要他注意的那些问题盘踞了。

"我看干脆把这伙老土一脑子[①]都调去学习算了。"赵振国烦躁地说。

"那怎么行呢？"朱明山不同意地看了眼副书记，觉得赵振国整个谈话中表现出一种带着主观情绪看问题的味道。朱明山心里想的是：茫然不知所从自然不行；形式上轰轰烈烈，实际上浪费群众的热情也不行。他说："调学习的也要，可是不管学习也好、工作也好，要从思想上解决问题。"他给赵振国解释没有真正懂得社会主义又懂得眼前该怎么办的人，社会主义总是遥远

---

① "全部"的意思。

模糊的道理。"我今天在火车上看见群众爱国主义的热情那么高,就想我们一定要教育干部,怎么把这种宝贵的热情引导到正确的方向上去。"

两人要休息去的时候,一道手电光一闪,听见几声沉重的脚步声从竹林子中间的走道上过来,一个粗壮的大汉出现在面前。

"朱书记还没睡?"来人客套地说了一声,就转脸说,"赵书记,我的问题怎办?不能马马虎虎不管!调工作也可以,让学习去更好!"

"老白,"赵振国把一只手搭在那人显然是劳动出身的肩膀上,带着明显的同情笑说,"这会儿你还来了。"

"我在前院组织部来,"老白很固执的样子解释了一句,然后就气粗地说,"我看换给旁人也一样!"

"快睡去吧。你看朱书记才来嘛,该要容出点时间才能和你谈吧?"赵振国由于书记的到来,显得轻松地解劝着,把老白推走了。

"清涧口音,做什么工作?"朱明山疑惑地问。

"监委会副主任,"赵振国说,"揽了十四年长工,你该看见那股撞劲了吧?顺气了拼上命干,不顺气就难办。思想上有一大堆问题,更暴躁。"

"怎么个事?"

"和老梁搞不在一块儿，最近吵了一架。"

"为什么？"

"我看两个人都不想往一想凑。他办的一宗事不合老梁的意，老梁态度不好：'你这个同志真糟糕！''你才糟糕！''我这个县长当不成了！''当不成你算了，又不是我叫你当的！'老白身子一拧就走，到县委来要求调动。"

朱明山惋惜地咂嘴说："怎么这样搞法？梁县长到农场做什么去了呢？"

"谁知道？"

"农场很大吗？"

"说是哪个省里当过厅长的国民党官僚的别墅。别墅是甚，咱也不懂。算有百十亩地吧，大部分是果树。派了两个干部，雇了几个工，伐了果树办农场，要走在各县的前头。专署农林处叫交上去统一管理，县农场的地在今年秋后查田定产中调配。老梁不给，说是像样的，上面都想要。"

"啊！……"朱明山呆呆地望着无边无际的夜空。

四

　　一辆蹬起来很利的老牌子英国"飞利浦"自行车载着体格强壮的梁斌，沿着从车站到靠山镇的公路，到蔡家庄南面拐进一座炮楼一样的洋灰大门里去了。

　　这就是县农场。它的正名是"繁殖农场"，意思是为农民繁殖作物优良品种的，带着实验性质。可是直到现在你向附近的农民问路的时候，如果不说明原由，就不一定每一回都能问着。因为它的旧主人虽然早已远逃到隔着海洋的台湾去了，可是田野里和道路上的农民抬头望着那长长的土围墙和沿着围墙高高耸立的如同扫帚一样的白杨，听见从那里的树丛中传来的各种悦耳的鸟叫，"王家花园"仍旧很自然地从他们嘴里奔出。哪怕提起这个旧名称就引起许多农民的厌恶，它要以新名称为人所共知，还有待于它名符其实。

　　梁斌从车子上溜下，他的车子立刻被紧跟在后的通信员接去。他就掏出手帕，一边擦着胖胖的圆脸上的汗水，一边姿态尊严地抬着脚步，好像要把路踩得更结实一些似的，走向一道有栏杆的窄木桥。通过木桥，他就到了那个被不恰当地模仿西湖而得名的"湖心亭"了。他在石凳上坐下，带着满意的笑容望着下面充满绿草、只是偶尔有几朵莲花的"湖"——实际上它只有关中地区一般农村的三四个涝池大，而且当清水河上游稻田用水正紧的时候，它就真的变成涝池了。

虽然如此，在一个县里来说，梁斌还是很满意这个去处。他抬起头就看见用挖"湖"的土垫起来的"山"；山在房子的后面，披满了人都进不去的树木和灌木，各种鸟雀就在那里聚集和吵闹……

不多一阵，为了加强农场的管理和领导、春天调来的曾是一个副区长的场长，就到"湖心亭"上来了。

通信员拿来了烟和茶。谈话开始了。

年轻的中学生出身的场长报告着县长上次来过以后的情况和最近的计划。梁斌像一切致力于一种事业的人一样注意听着，有时满意地笑着，有时不以为然地抿着嘴摇头，有时激怒地把洋火盒使劲掼在刻着棋盘的洋灰桌上。他情绪上这种迅速到令人难以捉摸的变化，是所有和他接触过的下级干部都熟悉的，而对待他的态度却各有不同。有人拣最好听的话来迎合他；有人则是硬碰硬；也有一些人不重视他的满意和激怒，只管不声不响工作着。年轻的场长报告的时候，虽然小心翼翼地密切注视着县长的面部表情，可是因为梁斌对农场的事情特别究得紧，他没有一回能够成功地避免了严厉的训斥。

"为啥还没有伐？"谈到关于砍伐二十亩由于管理不善而结得很少的"渭津"苹果的时候，梁斌把洋火盒往洋灰桌上一掼，怒眼盯着场长说，"春上看见结得少，就应该伐了种包谷，实验雌雄杂交。现在再不伐，就要耽误三伏三拼，又种不成碧蚂一号麦！"

场长红着脸，用手掠掠覆盖在半面额角的头发，讷讷说："棉花起了蚜虫。这几天我们集中力量治虫，治完虫就伐……"

梁斌照例站起来，胳膊一扬，场长就明白他要在天黑以前到各处去看看。

他们过了窄木桥，经过早已坍毁了的钓鱼台，就走上两边是刺玫、中间是石子铺细沙的通道。晚来的微风吹送着阵阵的花香，使人鼻孔里感到一阵清爽。他们从那座洋房前面的院里过去，绕过工作人员宿舍和马房的院子，就进入那二十亩"渭津"苹果地了。晚饭后在那里抽烟和闲谈的雇工们，一个一个恭敬地站起来。

梁斌抬头向挂着寥寥无几的苹果的树枝间望着。

"赶快伐！"他近乎气愤地说，好像他上了什么人的当，"你看见了没有，徐场长？这一片地，一年收得几颗苹果，是好大的浪费呀？"

一个年老的管果树的雇工凑上前来，求情似的说："梁县长，成物不可毁坏。今年没结好，是去年的作务不到。你等明年看。明年再结不好，你办我的罪。"

"嘿嘿嘿，"梁斌忍不住笑了，调过头来问，"你说人民现在主要吃啥过日子？你说：粮食还是苹果？"

老雇工张口结舌没有话说，羞愧地笑笑，后退了一步，装着他的烟袋锅。

"我看你还要换换脑筋啊，"梁斌带着可以使人感觉到的讥讽笑着，进一步对那已经很难堪的老汉说，"我们人民政府和国民党官僚完全不同。这块地皮到我们手里，它就既不是花园，也不是果园；我们要在这块地上办农场，为人民服务！"他没有注意到他的语气把老汉和人民政府分开使老汉脸上浮起一层冤枉的表情，只是重新指示场长："一定要伐。误了繁殖碧蚂一号麦种，你要负责！"

场长还没有作声，梁斌就领头穿过苹果林子，走向棉田——那是头年冬天伐了果树的五十亩地的一部分。

"梁县长，你是不是可以再和专署联系一下呢？"

年轻的场长跟在背后走着，没信心地试探说。他没好意思再把专署农林处最近为办各县农场召集的会上大家所说的话全部重复一遍。他们有人把这种行为比喻成拆了从敌人那里接收来的楼房另盖瓦房，有人说这实际上是把接收来的财产当成天上掉下来的东西挥霍，有人甚至提到原则的高度说大批地砍伐既成林木是犯法的。徐场长不愿意惹起一阵新的怒气，他只是淡淡地建议说："要是伐了果树还是不能把耕地面积扩大得将来好示范机器的话，是不是可以另想办法呢？"

"空谈！"梁斌猛地转过身来站住，面对面训斥说，"全是一帮空谈家。让他们谈论多少年以后的事去，不要阻挡我们办摆在眼眉前的事！你照我的话办，天塌下来又没有你的事！"

徐场长不慌不忙眨着眼皮，显着不是没话说而是不愿说的样子。梁斌转过身去，继续在果树林里走着。

"另想啥办法？"走了几步他又转过身来，用胳膊指着周围说，"想在附近再弄点地还不行啊！土改的时候，你在这个区工作吧？"又是不等回答和反应，他就转身气愤地迈开他那缓慢的大步子了。

年轻场长知道这不是对他的气愤，所以他并不显得难堪。他知道土地改革的时候，县政府曾经指示过准备在这附近留一点公地和兑一点公地,可是到时候农民一把鼻涕一把眼泪诉苦,控诉"王家花园"的旧主人怎样用官价霸占他们的土地。有一块地在中间的地主家,无论如何不舍,可是他的地被围进围墙里去了,人被旁的莫须有罪名圈进城里的看守所去了。他出来的时候,家里的人告诉他地价早已付过。直到现在,徐场长还清楚地记得那老汉怎样尽嗓子臭骂有强权无公理的旧社会。这样,留地和兑地的事就提不出来了。那时候农民里头甚至于有一股过激的情绪,要求将土围墙扒倒,让农民原价赎回他们的自流水地。这当然也是不合适的,群众被说通了。

梁斌走到棉田的地边站住,三十亩棉苗在傍晚渐渐舒展开它们的叶子,准备迎接凉爽的夏夜。

一阵"六六六"的味道随风向鼻孔里钻来。

"普遍起了蚜虫吗?"梁斌蹲下去,用一种父亲对儿子的关怀翻起棉叶看看。

"眼时还是一片一片,"徐场长站在旁边说,"要是不抓紧治,这东西传起来快得很……"

"是的。"梁斌站起来点头,一种深为关切的神情罩在他那很有风度的脸上。走了几步,他忽然想起问:"你们拿喷雾器治虫的时候,召集了多少群众参观?"

"我们叫区上出的通知,稀稀拉拉来了几个人,村干部多……"

"不行!要乡上负责召集起带来参观。"

"附近棉田少,虫还不怎厉害,也有些关系……"

"厉害了就晚了!同志!"

"我们再和区上联系一下,群众有迷信思想……"

"叫他们来参观,就是为了打破迷信思想嘛!你说还为了啥?"

他们已经沿着棉田边走到一小块矮小的蟠桃和樱桃地里了。樱桃已经收过,蟠桃还不怎么成熟。这一小块稀疏的名贵果品树木中间,是黄昏前流连的好去处,可以望见最辽远的镶着一抹一抹红云的天际;近处微风拂拂,抚摸着人的皮肤。梁斌在小径旁边一块石条上坐下来,摸出纸烟,开始给徐场长再一次描绘这个农场未来的面目,鼓励他争取棉花、麦子和包谷这三样作物的高额丰产,说不定场长会因此而到北京去开会,荣幸地看见毛主席。说着,梁斌眼里闪着快活的微笑,好像这个事情已经被确定了似的。

"李秘书来电话,说朱书记来了。"通信员走来报告。

"来了好嘛,"梁斌转过脸说,好像他早已和朱明山很熟并且互相很了解一样,"他是工作来了,又不马上就走。说我有些报告要看,明儿一早回去。明白了没有?"

"明白了。"通信员跑去回电话。

梁斌又和徐场长谈了一阵,天黑下来,昆虫接了鸟雀的夜班吵闹起来。梁斌回到通信员已经给他准备好的他常来住的那间有地板的房子里,在煤油灯下看着通信员给他带来的那一包东西。他翻看着,有时用笔划着,有时批着字,有时往笔记本里写着什么东西。

他一直工作到深夜。

五

早饭以后，朱明山在他房里砖铺的潮湿的脚地上踱来踱去，考虑着吃饭时大家谈论的一个严重问题——渭河两岸的产棉区普遍发现了棉蚜虫。对于农业科学还远没有摸到边的朱明山，光光听说在棉花生长的一个季节里，单性生殖的棉蚜虫每一个就可以繁殖到六万万亿，他就敏感地意识到这种害虫向刚刚翻身的棉农生活和新生国家的工业生产侵犯的危险性，好像他过去在营里听到敌人运动的侦察报告一样。一清早，县委秘书就跑来向他报告，深夜有两个区打电话来要求暂停征粮工作，集中力量治虫。早饭时，那个李瑛又说，昨天晚上从渭北回来的农业工作站的一个人正在连夜给县政府赶写报告，说那里的四个区情况已经严重到不是少数喷雾器可以解决问题的了。

"写什么报告？"朱明山不满地想着，"要是在军队里发生了紧急情况就这么搞，报告转来转去转到指挥员手里，也许早给包围了。我自己到农业工作站去。"

他转身到里屋去取他的上衣，一个高大的身影从纱窗外面闪过来了。他站住，看来的人是谁。那人一边叫了声"朱书记"，一边揭起帘子就进来了。比朱明山高出一头的彪形大汉，站在他面前。

"我叫白生玉，"那人带着一股有紧急事的神情自我介绍着，"朱书记有时间没？我要和你谈一下。"

朱明山握住白生玉巨大、生硬、有力的手，望着在陕北农村里经常遇到的泛着紫红色的长方脸。

"是你昨黑夜来找过老赵吧？"

"是啦。"

朱明山只好暂时打消了到农业工作站去的念头，一种直感使他断定根本不和这个同志谈话是不好的。他和白生玉在两个早已没一点弹力的破沙发上坐下来了。

一个从昨晚才开始照顾朱明山的通信员进来，给两人倒了茶。

朱明山叫白生玉喝茶，白生玉只把茶杯挪动了一下。给纸烟，他不吸，皱着个眉头，用右手的拇指搓着左手掌，闷着头不说话。

"你说吧！"朱明山用一种痛快的口气鼓励他，也不能完全掩盖住自己有紧急事的神情。

白生玉抬眼望了望书记，好像要判断他给书记谈了有没有用。朱明山重新解开了衬衣上端的两三道纽扣，等待着白生玉说话。可是白生玉重新低下头去，两肘支在膝上搓他的并不很脏的肥厚手掌。

"赵书记给你说过了吧？"白生玉对着面前的砖脚地喃喃地说。

"他只说你对梁县长有些意见，要求调动。"

"不，"白生玉继续搓着手掌沉思地说，"我不要求调动了。昨黑夜我一直没睡着，盘算过来又盘算过去，迟早要回家，咱为甚常麻烦组织上哩？能把组织关系给我的话，我回陕北老家种地呀。我当上个村干部，领导好互助组，也是往社会主义走哩嘛，何必在这达受冤枉罪？"

"啊——"朱明山见白生玉沉重的样子，深为惋惜地说，"那么你是对自己失了信心了吗？这就是另一个问题了。"

白生玉猛地停止了搓手掌，腰一伸坐直起来，瞪眼看着朱明山："朱书记，你这么说我，就把我冤枉透了。"

白生玉说最后一句话时，声音颤抖着，以至于很明显还有话却说不下去了。朱明山看见那重新倾下去的身子，好像看见一座要倾倒的房子一样不顺心。他很懊悔：一个总的印象使他轻率地说了也许不切合实际的话。他因为自己的轻率而感到难堪。他用抱歉的声音挽回对方的不满，笑说："为什么呢？那你就把昨黑夜想了些什么谈一谈。"

白生玉不吭声，默默地使劲咽着他的唾沫。

"譬如说，你对自己还有信心，表现在什么地方呢？"

白生玉长长地喘了口气。可以明显地看出，他是使了一股很顽强的劲儿控制着自己，才使他没有掉下眼泪。他的粗壮的上身慢慢地伸起来，迟疑了一阵儿，又慢慢地倾下去了。

"你说，"朱明山诱导说，"都是老同志，有什么不可以说的？"

白生玉最后伸起腰来，他的四十几岁的被皱纹包围了的眼窝湿了。书记谦逊和气的态度，说明他并不是那种专横的领导者：不管合适不合适硬给别人扣帽子，既不给别人申辩的可能，又不进行耐心的解释。

白生玉好像要清洗被什么梗塞住的喉咙一样，喝了几口茶，像要说话的样子。

"朱书记，你可不要说我卖老资格……"

"你说吧。"

"我十五岁上揽起长工,直揽到二十七岁上。从一九三六年脱离生产起,为革命跑烂的鞋凑在一块儿的话,我这么大的汉量也背不起……"白生玉脸上浮起了难以忍耐的痛苦的表情,又停住了。

"是的,"朱明山安静地同情他说,"我们有很多老同志给革命出过很大力。"

"我不是来朝你夸功,"白生玉一再解释可能的误会,"我有两回可以回家种一九三五年就给我分到的地。头一回是一九四二年精兵简政的时候,我在区上当工会主任;上边指示取消群众团体的编制,减少公家的开支。二一回是一九四五年日本投降以后闹复员的时候,我在绥德地方干部训练班学习。两回都动员我回家,我死也不愿回去。革命还没成功,我就回家……"

"现在也没成功,"朱明山给白生玉新倒起一杯茶,笑说,"毛主席说这才是'万里长征走完了第一步',离共产主义社会早着哩。"

"唉!"白生玉叹口气,摇摇头,"第二步我回陕北走去呀。这达有人来了,文化高;咱是累赘。要看人家的脸色,还哼儿喊哩……"

"老白,我插几句话好不好?"朱明山征求得同意,然后亲切地说,"我觉得你应该把对领导的意见,就是说把一般的干部关系问题和个人的革命前途问题分开来对待。纠缠在一块儿,你自己越想越苦恼,终究还是不好解决。要是单拿个人的革命前途来说,不管到哪里,唯一的解决办法是下决心学习。难道陕北永远是文化落后的吗?你没听陕北来的人说过吗?到处立学校,学生多地方小,教员争不来……"

"我知道,"白生玉情绪低落地说,用他巨大的手背揩了额上渗出的汗水,"因此上我说回去当个村干部,领导互助组算了。"

"不对。这不是你的真心实话。昨黑夜你在这院里还光说要求调动……"

"回去看见家里来的一封信。"

"你的家属还没来吗?"

"没。"

"为什么?听说大部分同志的家属去年都来了呀?"朱明山早就知道有些陕北干部不让家属来新区:有的是想和家庭包办的不识字女人离婚,有的就是准备着什么时候会回家去种地。朱明山研究地看着白生玉胡子巴茬的老脸。

"朱书记,"白生玉作难地说,"你不知道区上工作的老区干部的家属来了的那个困难。我四个娃娃,来了顾工作还是顾家?我听旁人说的情形,算了吧,好赖家里有几垧地,我婆姨晓得我不会和她离婚。"

白生玉说着,忽然又停住了。他重新倾倒上身,把脸背过朱明山。

"现在你调到县上了,是不是可以叫来呢?"朱明山十分同情地商量着。

白生玉好像没听见,独自背过脸喃喃着:"四九年南下的那阵,有些人装猫赖狗,不愿去新区;光在路上跑,来了还跑。咱那阵走云南、贵州,也不说胡话。啊,帮助新区群众翻身嘛……到这达把咱派到个渭北,一套旧保甲人员,黑夜土匪、特务常打冷枪。不提了。这阵好了,叫我回陕北去吧……"

朱明山看见白生玉用一只手去揩眼泪,心里一阵说不出的难受。

"你昨儿接到的家信说什么呢?"

白生玉依然背着朱明山,只用手从口袋摸出信来。朱明山接住,掏出信纸。

一张麻纸上用歪歪斜斜的很大的字写着:"生玉贤夫:古历五月来的信和寄的十万元都收到了。咱处一春未降甘霖,夏田收成每垧二三斗,秋田落籽太迟,粮价又涨了。我们母子五口人，吃用多少，收入多少，你也不是不知内情。人家出外的干部也有，你走后二年至今，一回也没回来料理，又不叫我们去，是甚居心？你有良心，来信言明……"

"老白，"朱明山左手把信纸放在茶桌上，右手坚决地一挥，同情地说，"你写信叫他们来吧。我给你保证，所有的问题慢慢都要解决。不能解决干部的问题，我们能建设什么国家？你既然原来在渭北工作，那很好，我们马上要集中一批干部，到产棉区去扑灭棉蚜虫，你也参加这个斗争。其他问题等咱们回来再说，好不好……"

"朱书记在吗？"院里传来一个人洪亮的当地口音。

"我走了。"白生玉什么话都不说，一边从茶桌上抓起他的信封和信纸，一边站起塞到口袋里就走了。

"这是为什么呢？"朱明山莫名其妙望着他匆匆忙忙冲开帘子出去了。

六

一个姿态尊严的人踏着自认合乎身份的匀称的大步走进了朱明山屋里。

"梁斌。"他一边自我介绍一边和朱明山握手,随即带着有节制的笑容,或者是某种程度的自负,用一种缓慢的语调解释说,"昨天晚上到农场去了。一早回来,吃了饭就想来看你,政府的事总是啰嗦,刚才脱了身……"

朱明山从迷惑中醒悟了,立刻请县长在白生玉刚刚空出的沙发里坐下。虽然书记咧嘴笑着,殷勤地递烟倒茶,也不能完全驱除了他内心对白生玉的不满:同志之间不管有什么思想上和作风上的矛盾,也不必要把关系搞得这么紧张。也许白生玉刚才那股农民的执拗会给县长一种不愉快的印象:好像他是刚刚被议论过似的。朱明山不由得惋惜着:白生玉顽强的性格里由于缺乏教养而掺混了顽固。

梁斌用他的厚嘴唇啜着热茶，翻眼瞟着朱明山划着洋火，点着他薄嘴唇噙着的纸烟，他的嘴唇和眼睛竭力显示着很欢迎的笑容。

"前几天就听说朱书记要来了。"梁斌放下茶杯，很满意朱书记来的样子说。

"没什么能力，"朱明山谦逊地笑笑，"要好好向你们大家学习才行……"

"不要客气。听赵书记说在陕北的时候……"

"那阵也不行，"朱明山见梁斌好像考虑着怎么说是好，接上用一种诚恳的态度剖白自己说，"战争中间改了行，打了二年多仗；战争以后又在大区机关漂了快两年。现在到这里来工作，情况完全是生疏的，不好好向大家学习怎么能行呢？你们不是在这里做了很多工作，就是在这里根生土长……"

从那丰满的面部的表情变化上，也可以看出朱明山这番话，在梁斌头脑里得到了什么反应。一面开朗的笑容浮上梁斌的满脸，他说："只要朱书记掌握住党的政策，大家努力干！"

于是他问到朱明山的家属为什么没有来，问到西安过党的三十周年生日的盛况，问到朝鲜停战谈判的前途，问到西安都市建设的进展……梁斌希望知道详情的样子，贪婪地细问着。朱明山只是简单扼要地回答，他好像毫不健谈似的不肯说很多话，又像这些问题都和他们眼前的问题距离很远似的吝惜着时间。

"听说北面产棉区的棉蚜虫非常严重了。"朱明山用一种忧虑的调子提头说。

"是的。"梁斌同意。他一边在沙发里斜转他结实的上身，伸手去口袋里摸着，一边事务式地说："农业站写来份报告，我起身来这儿才给我，在路上翻了翻，还没有来得及仔细看。没有给县委送来吗？"

"大约还没。"朱明山连忙接住报告，翻看着。有五复写页，夹杂着数目字。

"确实是个大问题，"梁斌用手帕揩着脖子里的汗水，焦急地说，"夏收的时候，棉花就起了红蜘蛛，幸好抓得紧，几天扑灭下去了。这回治棉蚜虫，倒是也布置得早，谁知道这个月初下了场连阴雨，发展得这么快呢？现在正到了夏征入仓的紧张阶段……"他抖擞着拿手帕的手，显得十分惋惜那些该死的棉蚜虫捣乱了工作的进度。

"来，"朱明山好像有一种克服困难的爱好和解决复杂问题的兴趣，向梁斌招手说，"我们在一块儿仔细看看这个报告。"

他们走到靠纱窗的办公桌前，每人拉了一把椅子，坐在办公桌一个角的两边，先是默默地，随后低声地读起来了。

报告用一种惊惶的语调开头，叙述棉蚜虫发展的迅速程度——有二亩的一段棉田，头一天早上有席大一片起了蚜虫；第二天早上去看，就起遍全地了；第三天棉叶就开始枯萎。报告用了很长的篇幅，列举农民"靠天吃饭"的神秘思想和迷信行为——"天意""越说越多""成啥种啥"；有些人敬神，有些人蹲到地边哭，有些人翻了棉田，赶种已经过了播种期二十来天的包谷……报告最后也提出在产棉区停止征粮工作的要求，并且指出以合作社贷出的有限的喷雾器，用"鱼藤精"和"六六六"杀虫的方法，只在虫害不普遍的情况下还可以；而解决眼前的普遍问题，则必须推广农民里头早已使用过的土方法，譬如烟叶水和柴灰水，等等，动员一切可以动员起来的人上地去治。

朱明山以紧张的注意力看完报告。他站起来，眼盯着对面墙上的一个钉子沉思着。梁斌又揩着脖子里的汗水，带着一种对棉蚜虫难以压制的愤恨，说："我们今年号召扩大棉田，虫就偏偏来得凶！恐怕那几个区的入仓工作要停一下，争取全县提前完成入仓又变成空话了！布置的时候，各区还挑了战……"

"你们布置什么时候入仓结束？"

"十五号。"

"现在不行了，"朱明山考虑着说，"不光产棉区，其他各区我看也该延长入仓的时间，抽调干部去援助产棉区。我们的战线有了缺口，就一定要抽调力量把它堵住。你说对不对？听说你也搞过军队工作，咱们说本行话……"

朱明山沉静地笑笑，望着梁斌。他在地委会已经知道梁斌是一九三八年在延安抗日军政大学毕业，派到一个共产党员当指挥官的原是杨虎城将军部下的国民党军队里工作；后来那个军队一部分起义进了解放区，另一部分被打散了，梁斌逃回家里。家乡初解放的混乱中，他组织起游击队，直到地方武装归军区调走的时候，他留到地方工作。

朱明山这几句话和他了解的眼光，使梁斌脸上禁不住反应一种相当满意的感觉。这说明新书记知道他的斗争历史，并且是意气相投的。两人带笑的眼睛互相看了几秒钟。

"是的，"梁斌痛快地同意，"治虫比公粮入仓紧急、重要。"

"这不光是政府号召过扩大棉田的政治影响问题。"朱明山想起赵振国告诉他的这个地区农业生产上的特点，进一步说明，"也不光是这个报告里说的科学的先进思想战胜落后的迷信思想的问题；更重要的还是六个区的群众生活问题。要是全部棉田都翻了种晚包谷，多少？"朱明山走到桌前拿起报告一看，"二十九万三千一百九十亩，算一算这是多大的损失？我们明年要用多大的力量救春荒？"

"是的，是的，"梁斌感到严重地皱起脸，"所以我刚才说这是个大问题嘛！"

县委会秘书杨宝生揭起帘子进来，朝县长打了个招呼，就给朱明山一份东西。

"看到梁县长的了，"朱明山接住一看，说，"宝生，你看老赵在不在？"

"到农业站去了，"年轻的秘书紧张地说，"叫人去请他回来？"

"对。叫农业站的那个同志也来一下。"

杨宝生一闪就出了门。可是屋里还没有继续谈上话，他又出现在窗外。

"朱书记，电话。"

"请你等一等。"朱明山朝梁斌招呼了一声就走。

他到前院的电话室里，等电话员联络好，接过耳机，就听见冯德麟喉音很重的说话声。

"我是朱明山。发现了……很严重……嘿嘿，刚赶上……对，我们就准备那么搞。……对……对……对。……看见了。有些问题。我注意一点，不要紧。冯书记还有什么指示吗？好，再见。"

朱明山回到屋里时，赵振国已经站在脚地，带着他多少年以前农民的习惯，天热时进屋就把裤子卷到大腿中间，正和梁斌说着话。

"我在街上碰见宝生，他到农业站叫人去了。"赵振国转向朱明山说明着，立刻又继续着谈话，"事情给闪误坏了。好多人说'天虫天灭'，天天到地里去看，盼虫自己下去，可是越看越厉害。你们看，有些群众还拽住不让干部拿喷雾器进棉花地……"

"落后成啥哩嘛！"梁斌简直难过得歪咧了嘴。

"合作社说，好多区乡干部不愿多要喷雾器，就是这个道理。"赵振国肯定。

"一般的问题以后再谈，"朱明山说，"刚才地委冯书记来了电话，要成立治虫指挥部，集中力量突击一下。县委会和县政府马上要用电话通知，要各区抽调三个到五个强干部，今天下午在县上集中，简单地动员一下，连夜分配到产棉区去。你们看指挥部设在哪个区适中？"朱明山走到墙上钉的石印的本县地图跟前。

赵振国看看梁斌。

"渭阳区。"梁斌说。

朱明山在地图上找着。赵振国走去给他指出渭河北岸的渭阳镇，然后依次指出渭河两岸的六个产棉区，并且告诉他渭阳有连接那几个区的电话总机。

"对。"朱明山满意，"咱们的分工问题，下午抽空儿再商量。现在，请你们两位马上找组织部和民政科，商量从县级机关里抽调干部。只要暂时能放下工作的，统统动员。我对情况不熟，你们搞出个底底，下午一块儿商量。"

杨宝生和农业站的那个同志来了。一个三十来岁的人手里提着草帽，毕恭毕敬地鞠躬。

朱明山转身来握手。梁斌和赵振国要走了，他又转身和见第一面的梁斌握手。然后他又向秘书吩咐用电话通知各区的事项，杨宝生拿出本本记着。

"应该先给远区打，后给近区打。对不对？"

"对。"杨宝生非常满意地一笑，出去了。

朱明山才转来又和农业站的同志谈话。

七

过了一个紧张忙碌的下午。

晚饭以后在县政府大礼堂举行的动员会,本来预定顶多开一个半钟头;可是梁斌一个人就讲了将近两个钟头的话,一百几十个县和区的干部组织的治虫工作队,直至黄昏时分才准备分头向指定的各区星夜进发。有些下乡的县干部赶不回来,有些抽调的区干部也不能赶到,朱明山吩咐留在县上的管事人告诉他们随后去,并且通知那些工作不能一下煞手的同志,说可以从他们的所在地直接到被分配的地方去。

"不能有了紧急事就脑袋发热。脑袋一发热,就容易把事情办坏。"朱明山从心里不满意对这件事发脾气的梁斌。

在县政府运动场上,好像市集一样混杂杂地聚集着准备出发的干部。人、自行车、草帽和背包乱动。人们在说些什么话,却很难听得清楚。朱明山把到各区去的治虫工作队长和到各乡去的治虫工作组长召集到礼堂门台边谈话。梁斌和赵振国也在场，两人是朱明山的两个治虫副总指挥。他们把六个区分成三个责任区来分工负责，马上也要出发。朱明山在出发前找大家来简短地谈几句话，只是想避免用在大会上刺激个人感情和引起各种误会的方式，防止梁斌的长篇讲话有些不合分寸处可能造成实际行动的偏差，并且说服那些不愿带从合作社拿来分配开的喷雾器和药品的同志拿上。

由县委会的部长们或县政府的科长们担任的工作队长和由区委书记们或区长们担任的工作组长，都望着这个头一天下午才到职的县委书记从容不迫的清秀眉目。

朱明山简单地谈了几句动员会上不必细讲的工作步骤和同当地干部结合的问题。

"我想这是个新的工作，大家都是摸索。"朱明山最后平静地说，"我们说这是个战斗任务，意思只是说这个任务很重要、很紧急、很艰苦，要用战斗的精神来完成。毛主席两年以前才警告过我们，必须把落后的人和反动的人分别开来对待。你们千万不要把不久以前对付地主阶级和反革命分子的那套办法，拿来对待不愿治虫的农民。梁县长刚才在大会上说这是个战争，我想大家不至于误会他的意思。他的意思是说这是我们领导农民和棉蚜虫进行战争：你们决不能还没有和蚜虫接触，就和农民发生冲突。这么办，蚜虫欢迎……"

人群里爆发出笑声。有些人满意，有些人警惕地点头。赵振国瞟了梁斌一眼。梁斌面色略微有点不自在，但却非常容易地给他尊严的风度掩饰住了。

"是的，"他往前迈了一步，举起一只手，说，"我可没有号召你们向农民冲锋。这个任务一般地说，基本上是发动群众的工作。发动群众嘛，还要给你们细讲吗？我们哪一项任务能少了这一步？剿匪反特、减租反霸、土地改革、镇压反革命……"

"对。"朱明山笑着同意，有意截断不知梁斌要进行多久的解释，"发动群众要我们摸索群众最容易接受的方法。我想大家最好还是都把喷雾器和药品带上；不光带上，还要好好利用它。农业站的同志给我说，一乡发了两个喷雾器，不是见虫多了气馁，没有用，就是用得不得法。的确，群众要看实际。我们就整整一段地一段地治给他们看。另外，我看群众还没普遍动起来以前，最好暂时不提挑战竞赛的话。等火候到了再提，免得有些人为了争模范，就强迫命令。我还考虑，口号是不是干脆不提也可以呢？我们的口号很响亮嘛——普遍治、彻底治，难道光要求模范的地方做到吗？"

人们用了解的笑容回答了朱明山的话。他声明他的话已经完了，人们说说嚷嚷地散开。他转身找到梁斌，和他亲热地握手。

"你什么时候走？"

"我路近，"梁斌给朱明山最后关于挑战竞赛的话说得有点隐痛，恍惚地说，"政府里还有些啰嗦事还要安排一下，晚走一步也赶上。"

"好吧。听说过渭河要坐船，我们要和他们一块儿走。"朱明山把手握紧摇了摇。

赵振国过来又和梁斌握手说："那么咱们就在渭河边上见了。"

两个书记穿过人群已经稀少的运动场，出了县政府的旁门。从火车站附近叫来的拉脚的胶轮大车，在县政府门口一个接一个地停了十多辆。有人往车上搬喷雾器和药品，有人往车上堆背包和行李，有人还往车后边绑下乡骑的自行车。那个大个子白生玉站在一辆车上帮助装车，见他们过来抬起头说："朱书记，你的行李在这个车上。"

"对。我骑车子赶你们。"

"不要骑到啥地方去了呀！"李瑛脖子里套着草帽带子，草帽压着她肩背上的两条辫，好像非常满意自己和平易近人的新书记走一路似的，靠辕杆让着路，俏皮地说。

"有我给他带路。"赵振国严肃地解释。朱明山只笑了笑过去了。

到大车和人群的尽头，赵振国扯了扯朱明山的袖子，满意地说："你刚才的办法好。常书记那阵就是在这一点上吃亏。他老是团结、团结，片面的团结就成了迁就。越迁就他那股劲越大，'你们这伙山里来的土包子懂个啥嘛，一点老经验眼看抖完了'。他当成老常甚毬不懂。事情办坏了，上边问党委书记的责任。要不是你来了，我怎么也要求走；说不定甚时撞下个大乱子，轻了撤职，重……"

"不对，"朱明山一边走一边调过脸说，"你有这种情绪不对。团结还是重要，不团结没办法工作。一方面我们要帮助他进步，下力量培养当地干部。不培养当地干部，工作有什么前途？另一方面，老区干部要是不努力学习，也的确不行。"

"对。"赵振国改换了口气，知错地说，"就拿我说吧，觉得劲头不对，可拿不出一套套说服人家的道理……"

"你看老梁今天会有什么感觉？"

"当然不能很高兴。不过也不要紧，你的方式好着哩。他和下面的干部常吵。"

"我下了乡要多拿电话和他联系。"朱明山感到责任不轻地自言自语着。

他们进了县委会的大门。通信员们已经把车子推到院里，还有些留下的干部在院里等着和他们谈工作。

把三两样事情商量着吩咐过以后，两人就要起身。在旁边等着的收发员过来说："朱书记，有你一封信。我给你放在桌子上了。"

朱明山不由得眉头一皱，好像惊奇，又像不满："有这么快吗？"

"怎么没？"赵振国开玩笑说，"打上一条烟的输赢，看是不是生兰的信。"

"我离开西安这才几天？"

"哈！看你说的。"赵振国不放松说，"生兰和我那老婆比哩？她写信又不要投奔人！你们在陕北恋爱的那阵，在一个会场上还递条条哩。"

"你听人瞎摆，那不知是哪一回问我要个什么。"朱明山在几个同志面前略微尴尬地解释。

几个同志在旁边眯眼抿嘴笑着。管着朱明山门上的钥匙的通信员早跑去取来了信。朱明山接住一看，是高生兰的笔迹。他的脸上就只剩下了不满，而且可以看得十分明显了。连他自己也奇怪：为什么在工作中和同志们的关系上，一种理智的忍耐心使他可以保持住大家满意的心平气静；而在生活中和爱人的关系上，即使好多次都竭力想控制自己，到时候却总是压不住火性。他带着一种失望的情绪犹豫了三两秒钟，然后坚决地把没有拆的信封一折，塞到裤口袋里去，对赵振国说："走吧。"

"不看了？"赵振国觉得不好再开玩笑，一边说一边跷腿。

只是在他们出了大门，从通信员们手里接过自行车推着走的时候，朱明山才说："我知道她写的是小孩们的事。前天是星期日，她要到保育院去看小孩。小孩们刚开始过集体生活，想妈妈，一定哭得很厉害，她心软了。"

"要有个过程。"赵振国嘴里轻淡地评论，眼里却好像说："不要人心不足吧！我和我那老婆还不过哩？"

两个人在关中的黑焦土街道上骑上自行车，按着铃，通过小摊上已经点起灯的十字街，奔北门去了。朱明山竭力排除着大的男孩子一边嚎一边用小拳头打他妈、小的女孩子把指头塞到嘴里哭的印象，因为他肩上已经挑起指挥几百个干部发动成千上万群众剿灭棉蚜虫的担子。

两辆自行车在旷野上月牙照耀下的公路上飞奔。

八

有月亮的夏天晚上，在渭河平原上的旷野里是这样令人迷恋，以至于可以使你霎时忘记内心的负担和失掉疲倦的感觉，而像一个娇儿一样接受祖国土地上自然母亲的爱抚。

在你眼前，辽阔的平原迷迷蒙蒙地展开去。远处的村庄和树丛，就好像是汪洋大海里的波浪；近处，村庄淹没在做晚饭飘起的白色炊烟里面，只在炊烟上边露出房顶和树梢，很像陕北山顶上夏天黄昏时所见的海市蜃楼。

风把炊烟味和牛粪味带到路上来。农村气息时刻跟随着你，使你感觉到处处是在许多村庄的中间。要不然，路两旁的树丛挡住你的视线，笔直的白杨树顶着布满繁星的蓝天，野兔就在你面前从路这边的草丛跑到路那边的草丛里，你也许会错觉：这是什么人烟稀少的边远去处？

迎面的路上有过来过去的趁凉夜赶大车的人，甩着响亮的鞭子，唱着秦腔或眉户戏的愉快的调子。远远近近的村里，人们用传话筒喊叫着什么，宣布着什么，这村那村混搅成一片，什么也听不清楚，只知道几乎每一个村庄都在进行着夜间的社会活动。

朱明山出了城，过了铁路，没多大工夫，两个孩子哭闹的印象就从他脑里消失了，代替的是一九四八年和一九四九年他在从宝鸡到朝邑的渭河北岸的平原上所过的几百个夜间的总印象。那时村庄是另外一种活动，他无论在哪一个村里宿营，多少夜里都可以听见不知在什么地方发射的大炮声。这个景象的前后对照，使他立刻又活泼起来了。

远处，什么地方有一道耀眼的亮光。火车？那不在铁道线上；汽车？只一道光。

"那是什么？"朱明山在自行车上用下巴指着亮处问。

赵振国在自行车上扭头看看，说："不知道哪个村里开群众大会，还是演戏。土改时，有些村子从地主家里没收下汽灯，有些大村子是用斗争果实买的……"

"唔呀，"朱明山高兴地说，"到底和陕北不同啊。"

两个人蹬着自行车，继续追赶着大车。

可以听见前面不远处飘荡着歌唱声和谈笑声了，夹杂着好多辆大车的车闸下坡时刺耳的吱吱声。虽然从城里到渭河岸全是下坡路，可是坡越陡那就是离渭河越近了。朱明山和赵振国拐过一个弯，就看见跟在大车后头的一大群乱杂杂的人。

有两个人，一高一低，远远地落在人群后边。即使在淡淡的月光下，从背影也可以看出那是一男一女。男的高出女的一头，并排走着。女的显着矜持的样子，长脖子直挺挺地走着；男的总是追随着去靠拢她，还像低下头去说什么话。

"是你们两个，"两辆自行车从他们身旁闪过的时候，赵振国探头看看，然后用关心的口吻说，"不要落得太远啊。"

"那么你们谁把我带上吧？"是李瑛经常快活的笑语声。

朱明山在前边远远地耍笑说："还是你们在一块儿谈谈吧。"

"可不要误了上船，"赵振国又翻转脸看了看，依然带着工作中的严肃说，"张志谦，你不是到高台区去吗？"

"唔……"张志谦有点不好意思的样子。

赵振国在自行车上向前面的朱明山感慨地评论说："要马马虎虎找个对象，我看老区和新区都容易。要找个好知识分子，哪里都难缠着哩。有些老区干部离婚的时候，兴头可大；可是真正找到好对象结了婚的，有几个？这两个倒都是新区知识分子，四九年一解放在第一期县训班就缠上了，到而今还不成。"

"那个张什么在哪里工作？"

"刚提拔的靠山区的区委书记，四八年的地下党员，新干部里头是好样的。"

"那么为什么不把他们分到一个队里去呢？"

"组织部怕他们到一块儿谈恋爱影响工作。"

"何必呢？都不是没有起码的觉悟程度吧？"

"他们说，主要的还是李瑛的意思越来越不大了。"

"那就是另一个问题了……"

他们赶上了大车后边的人群，下了自行车。有人骑着他们的自行车前边走了，他们就混在人群里说说笑笑走着。月牙落了，繁星显得更稠，天空也似乎由浅蓝变成深蓝了。平原上安静多了，从村庄里只传来单调的犬吠声。地上有一股湿气上升，路旁的南瓜叶上有露水珠闪烁了。

约莫到十一点多的光景，大车和人在渭河的渡口上聚齐。过河以后还继续走的，大车过河；到渭阳镇的，大车到河边就返回去了。朱明山叫远的先过，到渭阳的最后过，就和赵振国分手了。

人们喧喧嚷嚷着，牵牲口和推大车上船。手电光满晃。在河岸沙滩的一边，有两辆大车在卸车。朱明山走过去，见很多人在寻找自己的背包和挂包，有些人在搬喷雾器。白生玉高大的身影黑竖竖地站在辕杆上，提起一个喷雾器，给下面接的人叮咛："操心把橡皮管管上的那个铜嘴嘴丢了。"

他好像掌柜的关心货物一样，给每一个来接的人重复，惹得很多本地同志学着他的陕北口音；他却并不恼人，也没想到当众宣布一次就行了。朱明山也挤到跟前去接了一个。李瑛看见，把她的挂包放在沙滩上也去接。霎时间，两辆大车空了。

李瑛轻健的身影凑到朱明山跟前，虽然严肃，但并非不满地声明："朱书记，不了解情况，可不要随便开玩笑啊。"她好像害羞似的昧过脸去。

"承认错误。"朱明山说笑着，不管李瑛还要说什么，就走开了。

他在找白生玉。车一卸完，那个大个子就消失在黑暗里了。有人问找谁，朱明山一说，白生玉才从人群的尽那头站起来，面前有一点红火星。他绕着那些坐着的和甚至已经躺下的人过来，嘴里噙着还是他从陕北带来的那根短烟锅。大家知道，虽然纸烟已经不像战争时期老区那么贵了，可是白生玉为了多给他的老婆娃娃寄几个津贴费去，一直抽他的旱烟叶子。

朱明山把一只手搭在白生玉宽厚的肩膀上说："咱两个到河边上溜一阵儿。"

他们踩着滑溜的沙滩，偏斜朝渭河平静闪亮的水边走去。朱明山递给白生玉一支烟，两个人抽着烟缓步走着，离开大家远了。

"怎么样？"朱明山在黑暗中看看白生玉饱经风霜的长脸，"给老婆写信了？"

"没。"

"为什么？看信上的口气顶急，你这一下乡又不得好多天？"

"二年都过去了，这几天算甚？"白生玉沉思地说。好像他所想的不是他所说的："决定叫来，信还不快？听说邮路都通外国了。"

白生玉行动上的积极负责和思想上的阴暗忧郁，很使朱明山惋惜。

"那么你还是不相信我的保证？"

"你叫我怎么说哩？"白生玉很作难地说，"党里头不是谁一个说了就算。形势一时一个样，党的政策……"

"你还顾虑会叫你回家吗？"朱明山想起白生玉的经历，忍不住笑了，"一九四二年和四五年的情况永远过去了，现在我们就要开始建设一个新国家，紧着培养教育还怕干部不够用。经过多少年锻炼和考验的同志能有多少？你完全不知道党中央组织部的一个负责同志为纪念党的三十周年写一篇文章说了些什么吗？"

"也许不会硬叫回家了。"白生玉继续沉思着，"咱没文化，没理论；可是像那些知识分子说的话，咱可有感觉。"

"什么感觉呢？"朱明山不由得笑他说"感觉"两个字的生涩劲儿。

白生玉想了想，好像考虑说不说，但他终于用一种沉重的口气说了。

"革命的饭总算吃下来了，建设的这碗饭，没文化没知识，恐怕不好吃。你看：光个治虫，不是硫磺合剂，就是'鱼藤精'。春上我还在区上，合作社就给群众贷下来些什么'赛力散'，干部也不懂，没给群众交代清楚，毒死几条牛，还毒死一个娃娃。"白生玉说到这里，好像犯了罪一样难过，然后痛苦地说，"大概检察署老何说对了：我们和陕北穿下来的粗蓝布衣裳一样，完成历史任务了。建设社会主义，看新起来的人了……"

"什么老何？"朱明山非常不满这种论调，"哪里来的干部？"

"何检察长，也是咱陕北人。"

"你不要听他瞎说！"朱明山气愤地把烟头子摔了。

他们走在有一大片被河水冲积起来的碎石头跟前。朱明山提议，他们拣两块大点的石头上坐下来。朱明山告诉他：全国很快就要开始分期分批整党，为建设新国家的任务打思想基础；并且谈到有计划地抽调工农干部学文化，扩大知识，以便将来担负新的艰巨的领导工作。最后他讲解人是有生命有思想的，呼吸不停止，时代在前进，怎么就会已经完成历史任务了呢？只有没出息的人才拿衣服或者家具和自己比……一阵说得白生玉脸上露出了隐约的笑容。

"你对人民有一种负责精神，这很宝贵，"朱明山最后转到白生玉身上，"可是你有个缺点，你知道吗？"

"我的缺点多哩。"白生玉带着类似"闻过则喜"的笑容等着听。

"我想上午梁县长来的时候，你不应该那么倔。又不是对敌人。"

"哪啊？"白生玉突然大嗓子嚷起来，好像在陕北山上种地时和隔沟的人说话一样。夜半人静的时候，他的嚷声可以传得很远，不远处两只白鹭拍着大膀子飞起走了，可是白生玉并无意压低他的嗓音，"我见不得那号光卖嘴的人。你看他讲了快两点钟，讲出来个什么道理？不是你后来解释那一下，下来总有整烂包的。你看他把这号话就打发出来了：虫治不下去，就不要给我回县上来！给'你'回县上来？我们是来给你揽长工的？他只有一回讲话我听着顺气，就是枪毙反革命，他宣判得带劲儿！"

"低一点，喊叫什么？"朱明山好像没小心点着火，火势蔓延开了。他低声笑说："么他还是在最要紧的一点上，你觉得顺气吧？"

他又像对赵振国一样讲起帮助和团结的重要。可是白生玉不像赵振国，再连一声也不吭了，只在最后厌恶地喃喃说："那么他就不要摆臭架子嘛！"

那边喊叫要上船了。朱明山站起和白生玉一块儿向渡口走去，心里暗自警惕着：他可受不得这些老区干部的感染啊……

九

人们自豪地叫作"八百里秦川"的渭河平原,是我们这个伟大民族的摇篮,也就从这里开始,我们第一次变成统一的国家。但是在整个悠久的历史上,这里是不光有过升平盛世和文物创造,而且到两年以前得解放为止,简直是充满了征战、掠夺、压迫、剥削、痛苦和饥饿……各种矛盾的现象好像是跟随着空气普遍到每一个村庄,以至于在老革命根据地生活过十几年的干部初来的时候,不禁为这个全国著名的小麦和棉花的出产地那么富足又那么贫困、那么凶狠又那么可怜而大吃一惊。

从一九四九年酷热的夏天起,农民们一次又一次用善良的眼光,迎接过一次比一次使他们满意的帮助他们翻身的工作队。他们给工作队烧水、做饭、腾屋;他们向工作队一把鼻涕一把眼泪地诉苦;他们给工作队报告情况,商量办法;他们不管天热天冷和肚饥眼困地活动;他们和阶级敌人展开无情的斗争,胜利以后,眼里含着感激的泪水欢呼毛主席和共产党，把工作队送出几里还不舍分手，要求往后还来帮助他们……

可是一九五一年七月上半月的一天夜里，由县委书记朱明山指挥的治虫工作队的各工作组到了本县渭河两岸的产棉区，却碰到了令人气恼的冷淡。工作队的干部兴冲冲地下来，听了从睡梦中被叫醒来的当地干部一谈情况，多少人都凉了半截子，干巴巴地瞪起眼来了。

"连个群众会都召集不起来，都说：'咳！人还能把那虫给治了？'"

"昨天又有两个村抬万人伞祭虫王爷……"

"翻了棉花地种晚包谷的人一天比一天多了……"

第二天早上，朱明山和很多干部出了渭阳镇，在棉花地边蹲下来，翻起棉叶下面看看：啊呀！黑森森的棉蚜虫都絮满了一层，叫人发呕。有些棉叶因为蚜虫多到一疙瘩一疙瘩，被压得倒吊下去了；有些连棉苗的心尖儿都软了，即便在凉爽的早晨，也是有气无力地弯曲着，好像被疾病折磨得直不起脖子的人，引起多少人怜悯的叹息。

人们顺着田间的小路过去，一段一段棉田都起了蚜虫，工作队看见的只有程度上的差别。他们遇见到地里来看棉花的群众，愁得两道眉都连起来了；甚至有胡子很长的老汉眼泪汪汪地望着自己和儿孙们辛勤劳动种植起来的棉花。看样子都是心如刀割。可是当朱明山非常同情地试着和他们谈话的时候,他们好像哑巴一样一声不吭,闷着头就走了。有在袖筒里或襟子底下藏着香纸的人,则像小偷儿一样鬼鬼溜溜,看见干部老远就躲了。对干部们最好的态度也不过灰心丧气地应付一两句:"日头爷高了,盯一盯回去吧。你们能有啥办法哩嘛……"

朱明山身后跟着一群干部往回走,刚进堡子南门,路东一个大门外面一簇端着大碗吃饭的人跟前,一个留着山羊胡子的干瘪老汉气愤地用他拄的棍在地上戳着,毫无顾忌地谩骂:"……斗争!斗争!叫这伙怂娃们斗争虫王爷吧!看这回怎么整油汗①!"

他的听众忽然都站起,端着碗你东他西顺墙拐弯地走了。那老汉调头一看,他骂的人已经到他跟前了,闷头就往大门里钻。

"骂嘛!往哪达钻?"是白生玉愤怒的喊声从人群里迸出。

----

① "油汗"是陕西关中一带方言,指植物上的小虫子。此处指棉蚜虫。

可是老汉钻进大门，两扇门板立刻在他佝偻的身后关上了。白生玉的长腿一跷就上了台阶。区公安助理员也紧张地跟上去，白生玉红辣辣的大手已经落在那破旧得发了黑的门板上了。

"开门来！"公安助理员在旁边喊叫，他的后襟下边露出不带套的盒子枪口。

"老白，你们做什么？"心思不知用在哪里的朱明山站住，眼窝黑凶凶地瞅着白生玉，严厉地朝前面坎坷不平的土街上摆一下头。

白生玉和公安助理员回到街上，很奇怪地发现朱明山对公开辱骂党和政府的人，既不气愤又不难堪。他闷着声走着，不知在想什么。他们调头往后一看，那颗留着山羊胡子的干瘪脑袋伸出大门，随即又缩回去了。

"一贯道，"白生玉靠朱明山右手带着气未消的喘息走着，嘟哝说，"顽固着哩！"

"道首？"

"道徒是道徒。可是点传师押住了，坛主都登记了，多少人公开宣布退了道，他还是钻在家里不露头……"

"直至找到门上才说退道，"年轻的公安助理员努着嘴接上说，"白书记知道这渭阳镇复杂。"他习惯地把已经调走快两月的白生玉还当作这里的区委书记。

朱明山当下再没说什么，漫无目标地看看土街和两旁土坯墙的瓦房。可以很明显地看出：连一般零散地蹲在土台阶上吃饭的人，见他们过来也躲开了。只有在街面上觅食的小鸡直至它们快要被踩着了才闪开。

"好奇怪的农民，"朱明山沉重地感叹说，"光光这两年几次斗争里建立起来的感情，也不能对我们这么冷淡吧？难道这个地方几次都没有真正发动了群众吗？"

"不是，"靠他左手的接替白生玉才当区委书记的一个看起来不过二十来岁的陕北人，夹杂着关中口音解释，"他们是嫌看见咱们没啥说。最近干部见了群众就说治虫，说得群众都烦了，所以躲着走。"

朱明山同意，朝右手转脸对白生玉说："情况比我们想的更严重。'严重的问题是教育农民'，毛主席的话是光在开会的时候讲？还是在实际行动里头遵守呢？你昨黑夜在渭河那边还不同意可能整烂包的意见，刚才你可又那么鲁莽。那么你和旁人究竟在什么地方有矛盾？"朱明山好像把一切精神负担都集中到现在这一刻似的喘了口气，最后缓缓地说："我们治不了虫就该挨骂，上级可以骂，群众可以骂，参加过一下一贯道的个顽固老汉就骂出乱子来了？我们刚出来转了个圈子，就要在群众里头引起很多误会、顾虑和谣言吗？"

白生玉的长脸比挨了耳光还难看，鼻头上布满了汗珠，眼不知往哪里看对。

"那个同志，"朱明山调转头在人群中寻找区公安助理员，"在治虫工作中间，公安人员少说话。你们可以活动，可是有个条件，要帮助打喷雾器。"

所有跟随的干部都看着朱明山，他突然变成一个严厉得令人骇怕的领导者了。

回到区上，他把所有留在区上的工作队干部和当地干部召集起来，提出要把县上原先布置的步骤变更一下：两天到三天里头不开群众大会，白天太阳红的时候集中力量，由区乡以上的干部亲自动手，在愿意首先治虫的村干部和群众的棉地里打喷雾器。开始多打药剂，第二天就多打烟叶水，第三天见效的话就全部打烟叶水。每天晚上在群众里活动，只许宣传大家到早上治过虫的棉地里去参观，等到大多数群众转变了态度再说⋯⋯

"你们看出了没有？现在是讲话最不值钱！谁听咱那一套？那就请事实先发言吧！"

早已不知如何下手的干部们嗡嗡议论了一阵，没有人不同意。只有提出一些具体小问题的，譬如村干部会的内容，喷雾器的集中与分配，朱明山一一都给作了明确的解答。他叫两眼机灵得猴子一样、老像等着书记吩咐的杨宝生用电话把这个意见告诉梁斌、赵振国和各区工作队,请他们考虑。

吃过早饭,朱明山就和脸庞稚嫩的年轻区委书记骑车子到渭阳区三乡蔡家庄去了,那里是区的重点,有一个植棉能手。

十

在人生的道路上才跨进第二十个年头的李瑛，对她生活的这个世界和她自己，不断地编织起美好的理想。虽然如此，拿这短短两年中祖国所起的几次惊心动魄的巨大变化看来，她承认她的想象力是可怜的。祖国的未来将会比她任何一次重新涂色过的理想更加美好，这就使她更加珍惜她的宝贵青春。好比一朵含苞待放的蓓蕾，她要努力使自己在百花齐放的时候不会辜负雨、露、太阳和栽培自己的园丁。

一九四九年春天，还是十八岁少女的李瑛被深深埋在她心里的苦恼折磨得脸色蜡黄，眉头紧皱，好像从孤儿院领出来的一个女孩子一样敌视世界。那时候摆在这个女子师范毕业生面前的有两条路：一条是到重新解放了的延安去，可是战争在渭北靠北山的地区进行着，通陕甘宁边区的条条路上处处埋伏着危险。社会关系单纯的李瑛借故跑到她上了几年学的西安试图活动，被她的教了四十多年小学的父亲觉察了。他把她找回家来，用哀求甚至眼泪说服她走他一生寒酸的道路。这就是说：她很快要结婚，要生孩子，要为孩子们和自己的吃穿奔忙，做一辈子生活的奴隶。在那个世界里谁不作恶或不拥护作恶，谁就要像起了蚜虫的棉花，生活注定了没有收成；可是有另一个光明的世界好像遥远的雷电，声势愈来愈浩大地逼近了。这使她每天在城里的小学校和她从心眼里厌恶的"三青团"活动分子们见面更加难以忍受。如果不是后来和张志谦认识了，她也许会像一棵孤独的树苗一样，被一股邪风吹折了。

紧接着北京的解放，解放战争的暴风雨以一种预料不到的速度卷过了渭河平原。作恶的人好像平原上的田鼠一样，溜的溜了，钻的钻了。很快就是雨过天晴。李瑛在县城解放的头一星期里，就丝毫不加选择地在县上办的干部训练班学习了。一个月以后，她就投入斗争，变成了生活的主人。在这两年里，不管怎么饿、乏或者睡不够觉，她总是直起她的长脖子，带劲地甩着两条辫工作，把县训班的同学一个个越过去，参加了青年团县委的领导工作。无论在县上、区上，或者在农民的小屋里，她只要眼一睁就意识到新的生活向她展开了多么远大的前途。她快活得走起路来经常哼着流行的爱国歌曲，当一个人不存在个人烦恼和社会忧虑的时候，幸福的感觉竟没有时间、空间或任何其他客观条件的限制了。

从城里到渭阳，又要从渭阳到蔡家庄，李瑛的那双水晶亮光的大眼睛，双眼皮总是扑扇扑扇地闪着，听凭领导上分配她到哪里，她把她的帆布挂包往她那苗条的背上一甩，清脆的关中口音喊着："同志们，走哩！"

在夜路上走着的时候，张志谦受屈的眼睛和离开她时的那种气恼的步伐，还像高空的繁星老跟着她。虽说她确信自己的正确，决心不再在和张志谦的关系上支付一点时间和心思，可是两年多时冷时热的恋爱和对方突如其来的强硬，使她总不能把那个如此自负的青年的影子一下子丢在脑后。

"我为啥非很快和你结婚不可呢？"李瑛在心里对已经在另一条路上向高台区走去的张志谦说，"要不然就各取自便！好嘛，这是你自己说的。那么你就和靠山区的哪个女同志或女教员好去吧，她们那么爱你嘛！我可不是那么容易倒在你怀里的人。当初谈起这个问题的时候，说得多好听！要把青春献给党和人民，要在长期工作里考验爱情，要……算了吧！到你要解决自己的问题，全是另一套！"

李瑛对张志谦的决裂毫不惋惜，她甚至在从渭阳到蔡家庄的路上气恼起来；虽然当面谈话的时候，她是努力使自己心平气静。

"我自命不凡哩？我目空一切哩？谁爱怎说怎说去。我的身体是父母生养的，我的工作是党培养的，有我骄傲的啥哩嘛？我不能和每一个对我有好感帮助过我的人都好，我只能和我最满意的一个人结婚，你管他这个县里有没有？解放以前你帮助过我，我把你当成个地下党员感谢，要是你那时就存心把我当成你的未婚妻的话，我真可惜我这两年和你来往枉费时间了。你在个人问题上竟然这么……"

李瑛想到这里下决心不再想它了。她不愿给张志谦的行为安"卑鄙"这个字眼，可是她一时又想不出更适当的字眼。他比她大几岁，他多念了几年书，他早几年接触到新思想。他的能力比她强得多，很会讲话，也能拿起笔。这些都是李瑛所喜欢的。但是他有些埋藏在精神里的东西，她不喜欢。来往的时间越久，她的第六种感觉能力越强，她不喜欢的那种东西从他的言词和行动上感觉得越明显。后来和他在一块儿的时候，有一种隐约的念头时常从她脑里浮起：他有些地方远不如老区来的那些农民出身的同志可爱。这让她比从他身上嗅到肉体发出的怪味还要失望，这就是他们的关系越来越疏远的原因。读了加里宁《论共产主义教育》关于青年恋爱问题的充满关怀的文章以后,这位胡须中间和眼镜后边总是带着微笑的老爷爷使她这个中国孙女更有意识地和张志谦疏远起来了。现在,这个疏远的关系也断了。

头[①]李瑛到了蔡家庄,天就快亮了,张志谦的影子也和繁星一齐不见了。好像一个失眠的人,一夜有那么多的想头,天一亮都消失得无踪无影,连自己都奇怪怎么会从这里又想到那里的。人们从李瑛的常是红润的蛋形脸上,看见一夜没合眼而敷上的一层疲劳的灰暗,可是她的眼睛却滴溜滴溜转,好像替她辩护说:"我不乏呀!一个年轻人一半夜不睡觉算啥哩嘛?棉蚜虫把群众都整得抬不起头了,咱的[②]能贪睡吗?"

在晨光曦微中,她就和工作组的同志同叫起床的乡干部交谈县上的布置和当地的情况。他们很快地决定马上分头到各村找人,吃过早饭就开全乡干部会,简单地传达和讨论一下,争取尽早开始下地治虫。李瑛被大家一致要照顾,留在蔡家庄。

清凉的早上,李瑛从这条巷转到那条巷,找寻她在

---

① 陕西关中一带方言,意为"等到"。
② 陕西关中方言,"咱"或"咱们"之意。

头年冬天土地改革工作中交下的农民朋友。在街上遇见牵着牛出村到地边放青的老汉和老婆们，喜欢地笑问啥时来的。年轻的妇女们亲热地纠住她，提出七花八样的问题。她背后跟了一大群娃，问她啥时才能有空儿给他们教歌子。

"我们来帮助你们紧急治虫哩，以后再说吧。"她一次一次重复这句话，摆脱那些不适时的亲热的询问；因为一个早上的时间是多么短促啊，初升的太阳已经从屋顶和树梢上边把红艳艳的光芒投射到地上来了。

李瑛从东头代表主任家里出来又往西头走的时候，农会主任已经提了镰刀和筐子出村去割牛草，顺便看棉花地去了。她不得不找一个小孩指路，到地里去找。田间小道旁边茂草上的露水，打湿了她的鞋袜和裤脚口。

一个四十多岁的消瘦的农民蹲在棉花地里，低垂着头。好像他得了什么猛病，没有力量再站起来。在他背后不远的小路上只放一把镰刀和空筐子。

"治良！"

那人听见熟悉的声音调转头来："啊呀，李瑛同志。你啥时来的？"

"天快亮的时候。"

"噫！有啥紧急事哩？"

"发动大家治虫嘛。"李瑛十分满意这个看见工作人员始终喜欢,有什么工作始终积极的村干部,因此她以一个女儿回到娘家看见父亲似的神情说话。可是她没想到这一句话把蔡治良脸上浮起的那点喜色一扫而光,恢复了他原来的满面愁容。

蔡治良低下头不使自己踩坏棉苗,好像很不愿意来似的走到小路上来。他到李瑛跟前,长长地叹了口气。

"怎治呀?我倒和俺大人拿烟叶水治了三亩。咳!十多亩棉花全起了。人家都不治,治了的那三亩又起来了。俺大人说啥也不治了,我一个人,我看……"蔡治良摇了摇扁长的头不说了,深眼眶里两眼无光地盯着李瑛。

"现在我们下来就是发动大家都治哩嘛!"李瑛竭力鼓劲说。问题的严重性早给她造成一种复杂的感情,她有点忍不住着急,"你是县代表、乡政府委员、农村会主任、植棉能手,你千万甭松劲……"

"唉!"蔡治良带着一种没奈何的焦急干笑了一声,喃喃说,"是人,不管他是土匪、恶霸、反革命,咱的都有办法;这个油汗……"他转脸朝四野里看看,连片连片的地里都是棉花。

李瑛知道蔡治良不是那种一说就干、一碰就灰的人。

只要把道理给他讲清,他是一个能够坚持到底的人。可是现在哪有工夫站在这里和他细说呢?她把筐子提起挂在自己胳膊上,拉着他的衣袖说:"甭割草哩,快回去通知农会小组长吃过早饭开会。咱的边走边谈……"

"把筐给我,甭把你的衣裳扯哩。"

李瑛一边走,一边告诉蔡治良一夜几百个干部下到产棉区的布置。

十一

已经快半上午的光景，屋檐的阴影将要缩到门台阶上了，渭阳区三乡的干部会还在等待两个村的干部到来。在乡政府的屋子里和院子里，人们在准备药剂、泡烟叶水、察看和谈论喷雾器，还有三个两个凑在一堆嘁着烟锅摆闲情理的。

朱明山和渭阳区委书记推着自行车进了大门，吸引了人们的注意。他们把车子放在大门里的墙根儿锁了，然后揩着脸上的汗水朝屋里走去。

"你们行动得早啊。"朱明山一边揩汗，一边满面笑容地向院里不相识的村干部们招呼，好像在战争中对最先到集合场的一个连队一样。

年老的和年轻的村干部们都站起来，用疑问的眼光含笑盯着区委书记都跟在后头的人：这人是谁呢？

"把饭吃哩？"有些村干部走出屋檐或围墙的阴影拘谨地问候。

"吃了。"朱明山手里提着汗湿的手帕惊奇地问，"你们连早饭都没吃就来开会吗？"

满院的村干部都笑说吃过了；朱明山才想起解放战争期间关中农民给他留下的一个模糊的印象：那是一句无论什么时候永远不变的见面话。

工作组的干部听见朱明山的声音，纷纷走出屋来。他们没有想到县委书记这样快下到乡里，更没有想到他会来他们工作的这个乡。朱明山给他们带来了突如其来的兴奋，都举着卷起袖口的双手，眉开眼笑地跑到他跟前，好像是向他报告："看看我们是怎样工作吧！"

忙碌的李瑛把她的两条辫从背后扎在一块儿，站在朱明山身旁，她的脸庞和身材对所有的人显示出吸引力。她用热情的眼光盯着朱明山，并用她卷起袖口的优美的手指着说："我们在这个屋里调配药剂、泡烟叶水哩……"

朱明山不难了解这是要他去看他们的工作。他向李瑛指的屋里走去。一个显然是由庙堂改成的大屋子，满地都是喷雾器、药剂、器具、几捆烟叶，夹杂着水桶和扁担，俨然是一个作坊的样子。有一个农业站的同志把这里当作一个重点，担任着技术指导。朱明山走过一个高过膝盖的瓦缸，拿起缸里泡的棍子搅搅正在调配的药剂，问："分量搞得合适吗？"

"我们这儿有专家。"李瑛笑眯眯地看看农业站的那位同志。

那位有点不好意思地瞅了李瑛一眼，然后用手拢拢他散乱的头发，有信心地说："当然要搞合适。太淡了，效力小；太浓了，浪费药剂是小事，还可能把棉花叶子烧死哩。鱼藤精还好，硫磺石灰合剂更凶，弄不好就把聋子治成哑巴了。"

"对，"朱明山放下棍子说，"科学的东西要精确，粗枝大叶可能害死人。"

于是他叫大家继续工作，要李瑛和区委书记到另一个屋里同他谈谈会怎么开。

"崔浩田同志，"朱明山走在门台上问他身旁的区委书记，"那个植棉能手来了没有？"

"来了吧？"矮胖结实的区委书记抬头望望院里的人。

"蔡治良吗？"李瑛说，"他在屋里帮助泡烟叶水哩。叫他也来吗？"

"当然，"朱明山盯着李瑛布满汗珠的高鼻梁，"我们光有农业站的技术指导，不够，还要有群众的指导。毛主席叫我们先当群众的学生，难道这样工作和那样工作还有分别吗？"

朱明山说话的神情和口吻上显示着喜欢的责问，并没有使李瑛难堪。她作了一个妩媚的笑态，仿佛她从县委书记的话里得到什么新的启示，立刻转身向屋里用一种家庭里的语气叫道："治良，朱书记叫你也来哩。"

"呵啼！呵啼！"那人已经在摆弄着烟叶，打了两个喷嚏说，"叫我洗了手。"

他们在院子里众目注视中走着，李瑛给县委书记介绍着蔡治良的情况。

"工作组来以前，连他的情绪都低落了。听了县上这次大动员的情形，他又来了劲了。话不多，说出的可都有分量哩。工作可积极，不用人说，见他能干的事就干。去年冬天搞土改的时候，眼窝都熬烂了。"

"是这样，"崔浩田证实说，"我几次都见他开会来，手里都拿着活儿。"

他们进了乡政府的办公室。屋里屋外，立刻被围严了。这里那里，"县委书记"这几个字从这个人嘴里低声地送到那个人耳边，有人甚至探头从窗口往里看，屋里热得没法停。乡长和文书推着挤进来的村干部们出去，因为住着没有高烟囱的小屋的庄稼人身上总带一股烟熏气，加上汗水的酸味，空气坏得呛人。朱明山叫乡干部不要推他们，索性到院里的阴影里去谈。

"我们这回是和棉蚜虫斗争，又不怕走漏了消息！"他的话总唤起人们愉快的笑容。

蔡治良用手背揩着鼻孔上被生烟叶呛出的清鼻涕，用勤快的脚步从人群中走过来。崔浩田介绍着，朱明山就和他握手。他虽去城里开过几回会了，可是在熟识的乡党们面前，县委书记单单和他谈话，他拘束得眼不知往哪里看好。

"治良同志，"朱明山喜欢的眼光盯着他消瘦但是坚决的长脸，"咱们要在你们这里首先突破棉蚜虫的阵势，你看能行吗？"

"能行！"蔡治良点头说，眼角里瞟见多少人抿嘴笑着盯他，面部表情更吃力了。他只是不时咳嗽着，好像清理着喉咙准备说话的样子。人们等着他说话，可是他竟再连一声也没吭。

朱明山见这个植棉能手有点过分紧张，他就叫把乡长和文书也叫到跟前，同崔浩田和李瑛研究开会的事。李瑛把工作组和乡干部商量的办法和程序谈了谈。朱明山听了，摇了摇头。

"我看不需要那么多的人讲话。这又不是举行什么仪式！最好你们谁把这回的任务和办法讲一下，就商量怎么分组下地实际干吧。乡长不必讲了，农业站的同志不讲也可以嘛。群众发动起来以后，你们都要做技术指导的工作，不要把时间浪费在讲话上了。"这套讲究形式的做法一直搞到乡下使朱明山控制不住愤懑。

县委书记的不满意弄得乡长脸上很难看。这是他的意见，虽然李瑛一再说明县上布置的精神，可是他坚持首先要把村干部的思想"打通"。现在李瑛的大眼睛望着他冒汗的胖脸，他努着厚嘴唇讷讷地说："村干部不实干，推不动群众。他们拿个传话筒满街喊叫治虫；我们一走，他们就把传话筒挟在胳膊底下，和群众一块儿说没信心的话哩……"

"说啥哩嘛！"有一个挤在跟前的村干部不满意地走开了。他一边走一边喃喃说："一开会不是半夜就是鸡叫，说过来说过去就是那几句，谁个倒有信心嘛？"

"以前的办法不对，这不是县上派的工作组连夜下来了吗？"蔡治良转身对那走开的人倔强的背影和解着，又转过身来建议，"开会吧，那两个村的干部来了。"

朱明山、崔浩田和李瑛一看，院里刚进来五六个人，后边继续往进走。

"开会，"朱明山对崔浩田说，"还是你讲一下吧，简单一点。"

"你不讲几句吗？"

"我讲什么？科学最有力量的宣传是实验。"

于是乡长宣布开会，区委书记站在正屋的门台上讲话了。四十多个村干部在小院里溜墙根和房檐的阴影蹲了一圈。朱明山在乡政府办公室的门坎上坐下来抽烟，低头沉思着。乡文书搬来一条长板凳给他坐，他看见李瑛在放车子的墙角里和一个村干部低声说什么，然后露出愉快的笑容望着他。

他向她点头示意。她轻脚轻手走来，用一条腿谦恭地在板凳边上坐下。

"几个村？"朱明山低声问。

"六个。"李瑛用她优美的指头比比。

"有多少喷雾器？"

"一村能去两个，原来发给乡上的两个都给整坏了。"

"糟糕！那么两个喷雾器一天能治多少亩？"

"抓紧了能治三十亩。我去看看'工厂'里准备得怎样。"李瑛一笑，又轻脚轻手走向正在讲话的崔浩田背后的屋里去了。

朱明山抽着烟，转眼注视着一圈听众情绪上的反应。

开始的时候，人们瞪大了眼睛盯着崔浩田，用心地听着，好像唯恐有一句陕北口音听不明白。后来渐渐越来越多的人，脸上显示出满意的笑容。当崔浩田讲到科学不是依靠行政命令，也不是依靠反复唠叨，而是依靠成功的实际打破迷信的时候，有些村干部把嘴里噙的烟锅拔开，对身旁的人信服地点头。刚才不满地走开的那人蹲在朱明山对面的墙根大声说："开头这么办就畅了！"

"没有拿来两个喷雾器？"乡长觉得这人好像有意在县委书记面前臭他，忿愤地质问，"是不是两个摆弄瞎了一对？"

"老百姓没见过那东西，这个一弄那个一弄就坏了。"有人辩解。

崔浩田制止了争吵，继续把话讲完。他一讲完，到处议论开了。一个拐角处发生了争执。有人打赌说，经过两三天给村干部和群众的棉地试办，一定能把全部群众发动起来；有人则说能发动大部分，而不敢说全部。

"众位同志，"蔡治良站起来了，"依我的意见，咱的先不要说这些白话。你们算一算账，大部分人把棉花治好了，就是还有些打不破迷信的人呢，他们愿意眼盯着叫油汗把棉花吸干？"全院的人静下来了，他才又说："我有个意见……"

朱明山高兴地从板凳上站起来，看这个植棉能手会提出什么意见。

"我这个意见可是想出来的，没试验过。"蔡治良首先声明，然后才说，"早上我听见李瑛同志说要发动全体都治虫，刚才我泡烟叶水的时候就想：要把棉花地的虫一概治了，要多少烟叶呀？"

"对哩。"有人同意。

"再说柴灰吧，"蔡治良继续说，摇摇头，"那东西不怎呛人，劲儿不大。"

"上地去，长。"又有人插嘴。

"我想出个办法，大家看怎样。"蔡治良最后才说，"你们说那辣子好呛人？一斤能熬多少水？熬一担，掺几担白水，味还不小吧？"

"好意见，好意见！"全院的人嚷着。

朱明山不由得走到蔡治良跟前，心里想：这个人的钻研精神比有些干部强百倍。

"还有，"蔡治良进一步说，"烟叶和辣子不能用完，人还要吃；煤油人不吃。笑啥？那东西掺上水治虫，虫还活得了？那东西和硫磺、石灰还不一样，轻一点重一点，没蚀劲儿。"

"还有吗？"朱明山高兴地问，也像还不满足。

"想到的就这些，"蔡治良仍然拘束地说，"这是烟叶呛得我想起的，不敢保证能顶事。"

"所有这些新办法，都要在这几天里试验。"朱明山向崔浩田和刚刚从屋里出来的李瑛吩咐，"以后再提出来的办法，也要试验。试验成功就请大家参观。"

"药械已经准备好了。"李瑛报告。

"准备好了就出动。"

于是人们按两个喷雾器一个村的治虫小组，跟村干部们一块儿走了。年轻的村干部跑进屋去，争着背的背，挑的挑，要求先到自己的棉地里去。满院乱杂杂的好像市集。朱明山把他的车子往空起来的屋里推，李瑛高兴地跑过来："朱书记，你也下地吗？热哩！"

"你姑娘人家不怕热，我当过兵的怕热吗？"

十二

朱明山顶着数伏天烈火一般的太阳，一连跑了三个村。他和李瑛那个治虫小组一块儿在蔡家庄棉田里过了一个多钟头，后来通过田间小道到了石桥村那个治虫小组工作的棉田里。午饭去石桥村农会主任家里吃了关中地区农家的家常饭"锅块"① 蘸辣子水，又到叶家村和崔浩田碰了头。两人步行到蔡家庄乡政府取来自行车回渭阳镇的时候，已经是下午五点多钟的光景了。

热、乏、困、渴——熬炼着刚刚从城市里的办公室走出不几天的朱明山。加上他的身体原来就不甚强壮，上稍许一点慢坡都得下来。而那辆在全县可以找到的最灵巧的一种自行车，他推起来也变得十分笨重了。

他们走出蔡家庄几里地，把车子往路旁的草地上一

---

① 也叫"锅盔"，用烙、烤方法制成的饼。

掼，就跑进一片西瓜地中间看瓜人住的茅庵子里去了。

两人霎眼工夫吃了一颗西瓜。朱明山用手帕揩揩嘴，擦去眼角上爬的眼屎，他才又感到一点清爽。他抽着一支烟，在看瓜人的铺盖卷上仰躺下来，眼盯着人字形庵顶的席片，眉宇和唇边又露出了愉快的微笑。

他和一些令人愉快的人在一块儿过了他下乡来的第一天——身边的这个不会抽烟的眉目清秀得像个可爱的孩子似的区委书记，他在乡村干部会上生动而简练的讲话，出乎他的意料。那个植棉能手看样子那么不惹眼，心眼却那么灵动，并且有一颗真正热忱善良的心。而不断地突出在他脑里的影子是李瑛，只要是他和她的眼光相遇，他和她说话或他看着她工作的时候，他的意识就像住在他脑里的一个精灵一样告诉他：她漂亮，她聪明，她进步。一个农民背着喷雾器，李瑛跟他在火热的阳光下满身大汗打着气的画面，固执地停留在他脑里不移去了，虽然他竭力警告自己不要常想到她。高生兰的影子来到他脑里了，怒目盯着他。

"你安心学习吧，我总要对得起你！"朱明山在脑子里坚决地说，同时想起裤口袋里还装着高生兰一封信没有看。

他伸手去摸，但是两个孩子哭闹的影子又使他缩了手。世界上没有谁比他更了解高生兰。她皱眉，他就知道她想什么；她张嘴，他就知道她说什么。他断定分别才几天的信里决不会有什么紧急事，但却能给他好一阵不愉快。他决心等到有时间生气的时候再看它。

"生兰同志现在在哪里？"崔浩田出去一阵儿又进来蹲在他身旁笑问。

"你认识她？"朱明山转过身来。

"我们在中学里是同学，后来都分配到各人的本县里当乡文书了。"

"啊啊，"朱明山明白了，简单地告诉他一句高生兰的去向，就问，"你是哪一年南下的？"

"四九年跟常书记一块儿来的嘛，"崔浩田一谈起一九四九年的事，就像谈起他做过的一个怪梦一样津津有味，"那时候我十九岁。下来的干部少，国民党把这个县划成三十个乡，一乡一个伪乡公所。我们又不能马上重划区，干部不够，一乡只派一个人。"他从茅庵口指着太阳照得通红的西边，"我一个人到离渭阳十五里路的王良镇当区长。你看，就在西南上那片最大的树林子那面……"

朱明山蹲起来，充满兴趣地盯着这个二十一岁的白净脸庞上的浓眉大眼。

"最初混乱的那几天,天不黑我就跑到渭阳和老白到一块儿了。渭阳是中心区,领导着三个小区。军事行动完了以后,晚上就不能到中心区集中了。那些伪乡公所的旧人员可坏,见我年纪轻,外面一打冷枪,就装得慌了,看我跑不跑。我怕他们捣我的鬼,故意经常把两条眉皱在一块儿,样子可凶哩;天天黑夜集合他们讲话,一个也不能缺……"

"你讲些什么话呢?"朱明山忍不住失笑地问。

"就是说日子长了没啥讲了嘛!"崔浩田自己也忍不住失笑,"今天讲胡宗南进攻陕北惨败的情形,明天可扯到社会发展史上去了,后天也许拉起国民党的罪恶……幸好第一批并区,就和渭阳区并了。要不时间再长些,我一个人真支持不下去了。"

"对,"朱明山收敛了笑容,说,"在一个地方做开辟工作是困难。"

"嘿!支援野战军西进南下,动员军粮民工的任务可繁重哩。又没像现在发动群众以后的这一套组织,那才叫苦哇!"

"苦,"朱明山好像对小兄弟一样,用一只手抚摸着崔浩田圆硕的脊背,笑说,"任何时候,任何地方,只要是想尽量把事情办好,得到胜利或者成功,就是说配得上'光荣'两个字，没有不苦的。"

"对。"崔浩田听到一句生活的真理，稚嫩的脸庞严肃起来，期待地望着对方。

"对。"朱明山感慨地继续说，"我们的志愿军在朝鲜战场上苦不苦？很苦。他们是不是可以避免吃苦呢？不行。我们在国内和平环境里工作，如果有人以为可以避免了吃苦，那工作一定做不好。你看我们要发动群众治虫，光出通知、发指示、开会、讲话就不行吧？要吃点苦。连李瑛那样的娇嫩姑娘也得吃点苦……"

他说到这里突然停住了，心里责备着自己不该又想到她。

"是这么个道理，"崔浩田高兴得两道浓眉好像要飞起来，"这回一定能发动起来群众，今天就有多少人撵到地里来看。"

茅庵里一阵沉默。朱明山的脑里突然涌起探讨一下年轻的区委书记心理的念头。

"你觉得现在的工作怎么样？有什么希望？"

"咱不行，"崔浩田谈到自己，不好意思地抿嘴笑笑，用眼光研究着新县委书记的表情，然后像每回填表时写的一样，充满着憧憬说，"我希望学习去。再有机会，让我也到西北党校学习去吧！我真羡慕生兰同志。"

"羡慕她的什么？"朱明山冷漠地说，又笑问，"譬如说：学习以后又有什么希望？"

"咱向来服从组织分配，要说我的心事……"

"你的心事是做什么？"

"到工业方面去。"崔浩田使了好大劲说出来，一面更注意地盯着对方的表情。

"想到大城市去吗？"

"你看怎着？"崔浩田冤屈地抗议，"我就怕你说这话。你说过两年当地干部培养起了，工业部门要人，还不是轮到我们去吗？为啥你不说社会主义建设呢？"

朱明山笑了："工业和农业将来都有社会主义建设，只要我们有热情和能力。你结过婚了没？"

"小时家里定亲了一个，我南下以前就退亲了。"

"到新区活动过没？"

"没。"崔浩田的两面丰满的脸蛋唰地红了。

"没？"

"没。"那位从尖下巴到高额颅全红了。

"你怎么比个姑娘还爱羞？"朱明山想起他和李瑛在一块儿的时候不自然的样子。

崔浩田低头用手搓着他的小腿肚，一卷一卷的肮脏落到地上去。他抬头瞟瞟朱明山，对方依然有趣地看着他。

"赵书记给你说来？"他心虚地探问。朱明山装得很像地点头，他就把实在的事情端出来了："去年冬天土改的时候，我和李瑛在一个工作组……"

"谁没这种事，何必吞吞吐吐？你爱上她了？"

"还不能完全这么说，"崔浩田估计着赵振国传的话与事实有出入，突然倔强地申辩起来，"她常爱和我在一起，老和我谈老区的情形，好像对我很好。日子长了，有一回，我们谈起她和张志谦的关系。她说只是认识得早，同志关系密切一点。满口否认他们会有进一步发展的可能，我心里以为……"

"你就直截了当提出来了？"

"哎，"崔浩田失悔地摇摇头，"新区女同志的心理不好摸……"

朱明山爽朗地笑了，伸手拍拍崔浩田的肩膀，以一种兄长的口吻说："这有什么不自然的必要？年轻人在这方面碰两回算得了什么？李瑛也是这样，碰上两回就更老练一点。你们都是有希望的同志，努力工作，加紧学习，我们生在毛主席的这个时代，什么问题不好解决呢？"

他说得崔浩田的两条浓眉又像张开了的鸟翅膀。朱明山开了瓜钱，两个人就骑着自行车奔渭阳镇去了。

日头落时，他们进了渭阳区上的大门。杨宝生跑来向朱明山报告，赵振国刚刚来电话找他，叫他一回来就挂电话过去，高台区有些干部对工作方针有了意见。

朱明山落满灰尘的脸上露出了一种不能相信似的疑问神情，想起了赵振国。

十三

这位有点驼背的赵振国是很容易被人了解的人。只要和他在一块儿三天，你就可以摸见他的心底。

他不满意的时候，好像不由他自己似的要发发牢骚，说那么几句怪话；可是工作起来，却是从来不打一丝一毫的折扣；好像一匹烈马拉着载满的大车上坡，只要是力所能及的，不需要扬鞭子，把脖子一勾，咕咕就曳上去了。他常嘲笑自己似的说他年轻时候当长工的那阵，哪怕在家里和地主吵上一顿，到地里该怎做还怎做。他有时心里也想捣点鬼，可是那些黄土和庄稼好像会说话："你就这么亏我们啦？"他心里就感到羞愧。参加了革命，给人民当了长工以后，他更不使奸。不管是困难的一九四三年、危险的一九四七年，或者是南下以后紧张的一九四九年，他从来也没觉得苦过。他认为世界上最苦的事是坐牢和杀头，他没经验过；至于风吹、雨打、日晒、吃不好和睡不足，根本不在他考虑的问题之列。

可是当了一个领导者，赵振国负的责任越大，他就越明显地感觉到自己的缺点，好像残废人一做活就感觉到手不应心一样。他这个缺点在他到了新区以后，被领导者从多数是农民出身变成了暂时多数是知识分子出身，更是常常使他为难。不管他怎么能坚持原则，怎么能坚持完成任务，如果需要他从这方面和那方面讲出一套道理来，那对他是最难不过的事。他革命十几年，连个训练班都没挨上住。在党委会上发言，他每一回站起不是三句就是五句，而且总是一边倒茶或者取烟，一边讲，好像他从来不曾正式发过言。要是轮到他做一个专门问题的报告，秘书或干事根据他的意思写出来，他还得去问人家不认识的字。所有这些都不算什么，大家了解他，反而感到一种不拘形式的亲切。可是遇到在一个重要问题上发生争论的时候，他心里是那么着急。别人一套一套花言巧语明明是不切实际的，只是他除了从十几年积累起来的经验里寻找以外，几乎再没有什么有力的根据涌到他头脑里来，使他能像一个有修养的领导者那样，用不着脸红脖子涨就可以把别人说服。

他到高台区的头一天，照朱明山的意见，也是很快就到这个区工作基础比较强的七乡去了。这里的干部会开得太长。工作组长张志谦一手拿着揭开的笔记本，一手不时地拢着他鬓角里固执地不肯就范的头发，根据朱明山和梁斌的讲话，加上他自己看样子很得意的发挥，作了将近三个钟头的动员报告。

虽然赵振国事先也叮咛过张志谦讲话扼要些，可是那个住过几天西北农学院的大学生好像决心要露一手，并没有重视这个领导者的叮咛。赵振国好像一个普通的听众一样坐在那里，越听越觉得话头和朱明山的精神渐渐岔远了。张志谦并不怎么强调拿事实来对群众进行科学教育，而是大谈棉花对于国家工业和人民生活的关系以及农民的保守性和落后性，等等。

"哈，"赵振国看看滔滔不绝的张志谦，心下不满意地想，"你拿这么多时间讲这些做甚嘛？你在靠山区工作，人家这里是产棉区，这一套不知听了多少遍了。"

他几次想站起插言，要张志谦把话缩短些，拉到正路上来。可是他没有站起或者站起遛个弯又坐下了。他的插言也许会把会议的气氛搅乱，也许会使张志谦很难堪，这张志谦除了有点自负，还不算坏干部，而他自己在讲话方面又不行……

"也许他快讲完了。"他一次又一次这样改变了主意。

可是张志谦讲上没个完。第二项的第三点完了，还有第四点，也许还有第五点。

赵振国看看手表，十二点过了一刻了。考虑到张志谦要在这个乡领导治虫，不宜在村干部们面前给他难看，赵振国学知识分子的办法，在笔记本上费力地写了"掌握时间"几个字，撕下来折起，让工作组一个同志递过去了。

张志谦看了看，很有来头的样子笑着朝赵振国点点头，把纸条放在桌子上，又讲了快一个钟头，这个好像要在群众里酝酿讨论多少天的报告才结束了。

赵振国不得不讲几分钟话，强调一下治虫的主要精神和方针。散会的时候，老百姓已经吃午饭了。看看手表，下午一点半多了。人们散得非常零乱，最使赵振国惋惜的是：村干部们自始至终没有吭声，只留下一摊一摊烟灰和唾沫。

他们急急忙忙回家去吃午饭，治虫小组到各村再召集起他们，半下午过去了。

赵振国到地头一看，应了陕北常说的那句俗话："说了不做了，做了不说了。"治虫小组的干部和村干部，连张志谦本人，都显得疲惫不堪的样子；稀稀拉拉，一开头就看不出一点锐气。青年团和民兵干部几乎掌握了所有的喷雾器，有人并不严肃，好像闹玩，互相追逐、争夺、挑战；而其他的人得空儿就往阴凉处钻。

赵振国已经拖了一天一夜，而且他比年轻人更没支劲儿。可是他来到蚜虫猖獗的棉田里的时候，紧急扑灭棉蚜虫的责任感比任何时候都强烈，以至于他像刚睡过觉似的失掉了疲劳的感觉。他一看这个情形，窝了满肚子火，随时都可能爆发。可是他尽力控制了自己，卷起裤腿，踏进棉田里就动手干起来了。

他只有时间跑两个村，把大家的劲头鼓起，然后告诉他们多做艰苦的实际工作。

他的视线总是避开张志谦经常带着健康红的脸，这脸上的五官好像卫生院的挂图一样端正，两腮的肌肉显示出刚毅，两眼也闪灼着聪明。这个在赵振国心目中一直是相当可亲的脸庞，现在引起他的不满。他甚至于开始怀疑张志谦在区委书记和区长联席会上每一次都占去很长时间的汇报的真实性，并且自愧过去对这个同志的实际价值没看准。凡是在工作中显得考虑表现自己比考虑人民的实际利益还多的人，你就要像在寄卖店买估衣一样，应该仔细翻看里里外外的每一个角落，找不到隐蔽的窟窿再还价。

在往乡政府走的路上，赵振国简直不想回头看看那个个子高大、两腿细软的区委书记。李瑛为什么迟迟不和他结婚，在赵振国头脑里现在也不再是那么不可解的谜了。

"黑了叫大家好好休息上一夜，"赵振国头也不回地吩咐，"明早上以村为单位再开上个干部会，踏踏实实照县上布置的办法治虫。"

早已感觉到赵振国对自己不满的张志谦，好赖没吭气。他拖着两条发软的细长的腿走着。赵振国回头看时，他竟锁着眉头。赵振国立刻意识到自己带着厌恶的神情把工作组长丢在一边，完全和治虫小组说话有点不妥当；但正是两人都在火头上解释也不好，就等以后再说吧……

可是当赵振国在乡政府推着自行车出大门，要回区上去的时候，张志谦追到大门口来了。

"赵书记，我想和你谈个问题。"

"甚问题？"赵振国两手捉着自行车的手把，转身看看张志谦自负的脸。

"我想让工作组晚上在各村召集群众会，"张志谦用他指头细长的手拢拢鬓角的头发，似乎已经考虑得很成熟，话头有劲地说，"工作组下来不和群众见面，闷着头到村干部棉花地里治虫，群众还不知道是啥意思哩！"

他把茶碗里的水底子泼到地上去，两眼充满着不服气，盯着赵振国划着皱纹的有点吃惊的脸色。

赵振国没想到他竟不是对领导方式而是对领导思想不满意，也不客气。

"你以为把你上午讲的晚上再对群众讲上半夜，群众就发动起来了？"

"我觉得可以发动起来！"张志谦斩钉截铁地说。于是他开始从里到外一条一条讲他的道理，吸引了到乡政府来办事的几个人到跟前。

他认为让各区调来的强干部和村干部一块儿下地是很笨的办法，因为这些干部去做宣传和组织群众的工作，比他们下地干活的作用大得多。而且天气这样热，三天以后群众还不见得能发动起来，很多人就怕要往区上的卫生所和城里的卫生院抬。另一方面，他不提名字地指责领导上对关中地区群众的觉悟程度估计得太低，特别是几次大运动以后。他影射着朱明山，嘴角上撇着讽刺的冷笑，把刚从机关里走出来的人称为高高在上的聪明人，不管时间地点，总是把群众当成傻瓜。最后他坦白地说，他在县上就觉得布置工作有点小手小脚、畏首畏尾，下来以后竟发展到连群众会也不要开了。他说这简直是违反了群众运动的常规……

"新法接生也是科学,也要请大家来参观吗?"张志谦非常满意他能想起这个巧妙的比喻,脸上的线条松开笑了。

"这么骄傲的个年轻人?"赵振国望着口若悬河的张志谦圆睁的眼睛,心里想,"你从学校出来就当小学教员,解放以后才做了几天工作,就把朱明山说得一个钱不值了?真是初生的犊子凶如虎。"

可是赵振国却给张志谦一阵说得不知从哪一点上来说服他,沉默了好一阵。

"好吧,我到区上拿电话把你的意见告诉朱书记,再打发人来通知你。"他把车子推出大门骑上走了。

朱明山回到渭阳区一听说高台区有些干部对工作方针有了意见,立刻把电话摇过来,找到了赵振国。赵振国刚刚把当天的干部会和治虫的情况以及张志谦的意见说完,朱明山正开始告诉他怎样批评张志谦不正确的意见时,门里进来一个呼吸急促的人。赵振国扭头一看,正是张志谦本人。

"好了,好了。他来了,你和他直接谈吧。"赵振国招招手,对从八里外赶来的张志谦说:"朱书记和你谈谈。"

没料到碰了这么巧,更没料到赵振国采取这种直硬的办法,张志谦一时有点茫然失措。可是他迟疑了一下,终于接住了电话耳机。

耳机里传来朱明山清晰的、温和的但却严肃的声音:"你是张志谦同志吗?你提意见的精神是很好的。我们只有大家都喜欢动脑筋,才能把工作做好,才能弄清楚问题,我们才能进步……"

"是的。我知道我们党里头不要人盲目服从。"张志谦脸上浮出满意的笑容,对准用白布包的受话筒说着,好像县委书记隔着二十里地能看见他的表情。

"不过你的看法可是值得考虑,"耳机里朱明山的声音严肃的分量增加了,似乎警告听话者不容狡辩,"我想首先你把问题看简单了。我们现在开始面对的是复杂的生产问题。难道你觉得可以和社会改革的群众运动一样如法炮制吗?如果这样的话,为什么有十几年革命经验的干部都开始苦闷了?他们是光光因为不会说不会写吗?这个问题复杂到这样的程度,搞不对头的话,我们就要和我们所依靠的群众搞翻哩!"

张志谦的标本的端正脸上消失了笑容,一层淡淡的灰暗盖住了健康红。

"我想其次你的做法也值得考虑。"耳机里一阵沉默之后，朱明山没有得到回响又继续说，"我听赵书记说，你在干部会上已经讲了几个钟头，晚上还要开群众会讲。好像你去那里以前人家就没有做过工作，你是到那里开辟工作的。同志，我们现在已经讲得太多了。再讲下去，群众就不理我们了。难道不能忍耐一下，等到做出一点事情才讲吗？你下来一天，还没有感觉到这一点吗？"

"我，我考虑得不全面……"张志谦满脸变成羞红了。

赵振国本想结结实实说这个不自量的年轻人几句，可是看见他脸色那么难看地放下耳机子，他把原来想说的话都忘记了。

"回去以后你和大家都好好休息，明儿照我说的那么办去。"

十四

朱明山在渭阳镇的区上蹲了两天没动。他又一次体会到两三年前在军队里尝过的那股滋味：当战斗打响，越来越激烈的时候，他是多么想和大家一块儿投身到最前面去，可是特殊的责任却把自己单独留在后面，牢牢地拴在指挥所里。如果不是在电话上和大家分享战斗的愉快，他真会感到孤独。

在下来的第二天上午，老白和小崔在区上召集过一次各工作组的汇报会以后，他再连他们两人的面也见不上了。整个区委会和区公署的大院子，经常只有他、杨宝生和区上的炊事员三个人。那个守职的秘书除了吃饭和上茅房，白日黑夜守在电话室里，常常跑来笑眯眯地请他说电话，或问他某个区发生了什么事，怎么办？

朱明山始终保持着军队里养成的良好习惯：每天都起得早，不管睡得怎么迟。天麻麻亮，他就跑到镇外的田野里兜个大圈，看看治过虫的棉田，听听群众的反映，到八点钟前后才回来。他听着杨宝生从电话上记录下来的报告，考虑着或和这位年轻的秘书研究着，然后决定哪些经验和创造应该通知各区推广、哪些事情应该通知大家注意防止，同时告诉那些已经动起来的乡村可以发动群众组织小型治虫互助组。就是从张志谦那一大堆不正确的意见里，他都抽出一条正确的来，通知各区卫生所为供给治虫干部防暑的医药做准备……

可是他一天有很多时间不得不一个人闷在小崔的屋子里，等待别人需要他。开头他对小崔的屋子发生兴趣，他从屋子里的陈设研究小崔的思想和性格。一床干净的铺盖，一口绿铁皮箱，一个书架上为数不多但却格外整齐的书报和杂志；脚地除了一个脸盆架，就只有两双鞋在床底下整整齐齐排着队。可是在办公桌和床铺上面的墙壁上，却是和全屋子极不调和的丰富：钉满了从报纸上和画刊上剪下来的照片，单色的和彩色的，军事的、工业的和农业的，毛主席在天安门检阅的一张在正中间。这是新中国的缩影。

"这小家伙懂得今天应当怎么过日子哩。"朱明山赞许地点头，抿住嘴笑。

"我们以前来，见白生玉同志住的时候乱着哩。满墙还一道一道尽是旱烟锅杆里甩出来的黄水印儿。你看那下边还有几道子。"杨宝生指着房后边的一个墙角。

朱明山看看，笑笑，说："他也会慢慢懂得这个时代要怎么过活法的。"

接着他就想起了高生兰。他想起他们离别前的那夜高生兰止不住眼泪，想起两人离开保育院时孩子们追赶他们的情景。对于任何人这都不是愉快的回忆。他鼓起最大的理智的力量，读了身上装了三天没拆的高生兰的信："绥生哭了两天不哭了，光是发痴，好像呆了。小玲玲直到我看他们去还没停过哭，嗓子已经哭哑了。我不看去吧，不能安心学习；看去吧，更不能安心学习。我不好，我知道。我落后了，是事实。可是你也该替做母亲的想想，是我在战争中间生的他们，带的他们，我忍心看着娃娃们受痛苦造成他们一生的不幸吗？"

"噢嗨！"朱明山沉重地叹口气，好像他胸腔里完全是空的。这是他预料到的，但是孩子们的所谓"痛苦"真那样严重吗？并且会长久地"痛苦"吗？把孩子们送到保育院是他们夫妻经过好久的酝酿才取得协议的，高生兰并且征求过一个有孩子在保育院的女朋友的意见。"明山既然交涉到了，即便光从你个人的前途着想，也应该送去。"女朋友当着朱明山的面热忱地劝导高生兰，"多少女同志因为娃娃小，想送也送不进去哇！"人家并且拿切身的经验警告她关键在于母亲的决心：娃娃初进去会不习惯，母亲不要心软，过个把月就好了。而现在高生兰终于还是不能拿理智控制自己的感情，把问题看得严重到可笑的程度。

朱明山翻看第二张信纸，他竟看见出乎意料的话："我因孩子们的拖累已经落后了，这点我到党校来几天就更觉得明显。现在我既然不能安心学习，为孩子们的前途着想，我想向组织上要求到保育院工作一个时期，等到娃娃们习惯了，我再来党校学习。你同意的话，赶快来信，我就向党支部提出。"

"哈哈！"朱明山难过地干笑了一声，把信纸折起填进信封里，站起重新塞进裤口袋，对着纱布糊的窗口，好像远在西安小雁塔的高生兰可以听见一样，说："你爱怎么哩？你对党和人民真有多大贡献，党校和保育院就给你那么大的方便！好像我们这一套机构都是为你一个人……"

他在小崔的屋子里踱着步子，十分惋惜地想着：一个人的思想在大的方面空虚了，失掉了理想，模糊了生活的目标，那么这个人的思想在小的方面，心眼是非常稠的，稠到打自己生活的小算盘的时候，根本没有什么制度和原则的观念了。

"我能说什么呢？暂时不给她写信！"朱明山气恼

地走出了屋子。

他本来要按照他多年的习惯，利用空隙时间继续学习《中国共产党的三十年》的，但个人生活上的不顺意压在心头，即便勉强读下去，效果也是很小的。

这天下午，他想再到蔡家庄一带走走，一方面排遣烦恼，另一方面看看汇报时布置下去的组织治虫互助组的进行情况，使他能更好地考虑各地发生的问题。可是他刚刚推车子出了大门，杨宝生气喘吁吁地追上了他——县委组织部长冯光祥从渭河南岸的滨渭区来了电话。

说完电话，有点感觉到县委书记烦躁的杨宝生，用一种请求的眼光建议说："你还是等大部分群众发动了，再出去跑怎么样？"

"好吧！"朱明山空空洞洞的声音说着，莫奈何地锁了车子。

经过两三天在烈日底下的鏖战，渭北四个区的治虫工作就出现了新气象。

从渭阳区三乡传来的消息是令人兴奋的——蔡家庄那个植棉能手蔡治良的创造性发现不仅实验成功了，而且新发现肥皂和蒸馍用的石碱也可以杀虫。人的智慧的确是经过劳动逐渐提高的：他们居然根据工业产品"硫磺石灰合剂"这个概念，创造了许多新的"合剂"——烟叶半斤、辣子半斤，加水四十斤熬好滤过；煤油六两、肥皂六两，加水八十斤溶化调匀；煤油四两、石碱四两，加水八十斤溶化调匀……李瑛的女性的挺秀笔迹写来的报告说：这些"合剂"比单独一样东西杀虫的威力大得多。

一个把自己的责任和人民的利益完全拧在一道的人，听到这样好的消息，个人的烦恼还能在他思想上保持住一点点位置吗？朱明山立刻活跃起来，甚至自己蹲在电话室里陪着杨宝生，把这些创造通知各区。并且通知城里的合作联社，要他们火速采取措施，向各区合作社供应煤油、肥皂和石碱；特别是前两样农民平时用得少，乡镇合作社按照一般情况准备的，在新的情况下势必会供不应求。

朱明山最后自己拿起电话，把这些创造报告了地委书记冯德麟同志。

在大批干部下乡的第四天，从渭河北岸来到渭阳镇街上的人就带来了乡村里弥漫起来的新气象，好像土地改革和镇压反革命的浪潮一样，变成人们谈论的话题。人们说有许多村子白天已经看不见几个人了，很多大门锁了，大门外面摆着盛药剂的水缸，有的甚至把水缸搬到棉花地边上。遍地都是男人、女人、老汉和小孩，端着盆子、瓢、大碗，用扫帚蘸着各种土制药剂刷着被棉蚜虫爬满的棉苗。人在随便哪条路上走，都看见路两旁一排一排戴草帽和笼头巾的人，青壮年二垄，老年人两垄，娃们一垄，互相帮助着往前刷……

朱明山在街上遛了个弯，带着满意的笑容这里听听，那里听听。回想起头一天到这街上人们一见他就躲避的情景，一种成功的喜悦使他浑身都感到轻快。

他到合作社去。买煤油、石碱和肥皂的人很多，他挤到台阶上去，见柜台上摆了许多竹篮子和瓶子。合作社的工作人员应接不暇，算盘珠子的声音、锤子敲石碱的声音和玻璃瓶子磕碰的声音在柜台后面混杂成一片。

"你们应该一个乡或一个村组织起来买，"朱明山望着柜台外面挤得满头大汗的农民们说，"你们那里的工作组没有帮助你们组织吗？"

"嘿！谁倒给你说没组织？一家一家来买，能把这房子挤塌。"一个眼睛一大一小的中年农民斜斜他的大眼睛，瞟了瞟看来很清闲的朱明山，把他当作一个说漂亮话的人碰了一句，然后把他的竹篮子又往前边推一推。

朱明山并不显得难堪，笑了笑走开了。

这一天各区来的电话少了，他想吃过饭就骑着自行车出去跑一圈。他带着对于在大热天操劳过来的同志们感激的心情，怀念着他们。他在电话上听说过有些感到身体不行，还坚持着工作。

可是他回到住处，杨宝生的一句话就把他所想的一笔勾销了。

"冯部长又来了电话，希望你最好很快到河南岸去一下。"杨宝生痛心地报告。

"冯光祥又说什么呢？"

"他说对梁县长不满的人越来越多，他还坚持他的意见。干部消极抵抗他，他还发脾气。"

"这个同志，唉……"朱明山觉得在一般干部面前乱说不好，话到舌尖上又咽了，只默然想着梁斌的神气：他给他打过几次电话，多数是跟他一块儿的助理政务秘书接的，说他睡觉。要把他叫醒，又说他吩咐过不要叫他。有两次，他和朱明山在电话上说了话，他哼儿哈呀打官腔，总是避免谈实际问题。冯光祥却像用机关炮轰他一样一次又一次来电话，可是还没有事实证明自己是对的以前，朱明山觉得和梁斌争论是没有说服力的。而现在，他可以去了。

"请给河口区打个电话，告诉梁县长，说我今天去。再叫那两个区的区委书记和区长晚上都到那里等我。"朱明山对杨宝生说罢，就到伙房里去看饭好了没有。

十五

很多人被摆在领导地位上以后，人们可以从他们身上体会到责任心和从这种责任心产生的对事业的谨慎、对干部的关怀和对自己的严格。但是有些人被摆在领导地位上以后，人们从他们身上却只感觉到把权力误解成特权的表现——工作上的专横和生活上的优越感，以至于说话的声调和走路的步态都好像有意识地同一般人区别开来了。

梁斌从副县长变成县长不久，大家就在私下议论他变成另一个人了。

"我看这准是招了我到省上开了回会的活！"梁斌在知道要他代替原来由县委会常书记兼任的县长职务的时候，立刻肯定这是他替常到省里汇报了一回工作的结果。他的鼓眼皮底下的眼珠子瞟着带给他这个消息的常书记的表情，假装不胜任的神气说："三四十万人的事不好管理。常书记，你还要多帮助才行哩。"

实际上，在接着的一次各界人民代表会议上一通过，梁斌一接任正职，马上就变了另一副神气。他在党委会上开始不断地和常书记发生争执，固执地坚持意见；他在县政府里好像成了"真理的化身"，凡是他的话一概不容争辩。他新刷了房子，换了一套新沙发，加强了他的权威的气氛。他站在正厅的屋檐底下对着宽敞的大院子，大声地喊叫着秘书或科长们"来一下"。而科员和文书们给他送个什么公事或文件，要在他房外侦察好他不在的时候，进去摆在他办公桌的玻璃板上拔腿就走，好像那是埋藏着什么爆炸物的危险地区。日子长了，他发现了这个秘密，咯咯地笑着，从这些下级的可笑的胆怯里感到愉快。

甚至据说常书记一再要求学习而获准离开本县的事，梁斌也当作是自己的胜利。这是从和他最接近的人嘴里传出的，而这个意思又是从一句非常含蓄的话里流露出来。

"老常大概是觉得在这里工作不行了，才非去学习一下不可。"他满意地对公安局长说。当时两人正在县长室里喝酒，在座的还有县政府的政务秘书。

而在常书记走后，梁斌曾一再地在电话上跟他的熟人地委宣传部长胡明然打听，谁可能是新的县委书记。

只是最起码的自尊心使他没有明白地问：他有没有可能。他心里想：社会改革已经基本完成了，除过结束土地改革遗留问题的查田定产，摆在眼前的任务就是教育农民走社会主义的路。老区干部已经开始成批成批地被调转业和学习，当地干部除了他还有谁呢？

梁斌在县委书记兼县长的梦想里飘飘然过了些日子，直至朱明山到来。

朱明山和赵振国同干部们一起过了渭河的第二天上午，梁斌骑着马，通信员骑着自行车，到了渭河南岸的河口区。这"河口"就是从靠山镇附近王峪口出山流经县城西门外的清水河入渭河的地区。在它的西边，从朱明山们过河的渡口以下，渭河转了个几乎相当于半圆形的大湾，这个湾里的村庄就是滨渭区。两个区的群众都赶河口区上所在的湄镇的集场，梁斌就到这里来指挥这两个区的治虫工作。他到的时候，两个区的区乡干部和工作组干部已经按他的指示集中起来，等待他两个来钟头了。

"同志们！"梁斌拳术家一般粗壮的身体站在摆着纸烟和茶水的桌子后面，对坐在渭水河边树林子里的草地上的百大几十个干部讲话。他的神气和口气都像是大区的或中央的某一个首长下了乡："毛主席说过，'严重的问题是教育农民'。为啥要说是严重的问题哩？因为我们不能用不久以前对付地主和反革命的办法，解决农民落后的、保守的和迷信的思想问题。我们坚决采取说服的办法，反对强迫的办法。毛主席说这是人民内部的自我教育工作……"

一大片留着各式各样头发的人埋下头去，紧张地就着膝盖嚓嚓地做着笔记。手快的人写完以后，抬起头钦佩地望着县长抽着一支烟，又啜了两口茶。

梁斌就这样作了两个多钟头的报告。这是他头一天晚上带着一股强烈的对朱明山不服气的劲头，在带罩的煤油灯下仔细地重读《论人民民主专政》的结果。他用他自己的观点和方法，满意地发挥他一开头所引的毛主席的名言和精神。然后他用一种轻鄙的口气，虽然不提名字但参加过县上的治虫动员会的人一听就明白是说谁地批判了束手束脚思想，"手工业方式"和"跑烂鞋作风"。他耻笑对经过三大运动、拥护党和政府的热情空前高涨的群众作太低的估计，而认为治棉蚜虫的运动没有发动起来，只是因为没有停止征粮工作集中力量搞。他甚至很巧妙地轻描淡写说：文化水平比村干部还低，而头脑比平原上的农民还笨的人，是很难想象应该怎样教育农民的。

"问题很明白！"梁斌好像两条粗腿负担不起他身

子的全部重量，两手托着桌边，上身探出桌面来，用他的洪亮的大嗓门说，"我们要领导农民开很多会，特别是讨论会。为啥哩？因为不开讨论会，农民怎个相[①]自己教育自己呢？这和我们搞土改领导农民开诉苦会是一样的哩！同志们，问题的关键就在这里！"

梁斌的两片厚嘴唇得意地使劲挤成一条细线，鼓鼓的眼睛环视着听众。

靠着桌子附近的一棵白杨树坐着的冯光祥，开头纵起他的古铜色的两颊，眯着眼，张着嘴，惊奇地听着。不多时，他的圆盘脸上浮起了痛苦的表情，低下了头。他为两个主要领导干部中间发生了严重分歧而痛苦，这种分歧势必要造成步调的混乱和工作的损失。他又为刚刚到职两天的朱明山而痛苦，这位县委书记一来就被县长用这样的态度来对待，书记今后的工作将会多么棘手啊！他捡起一根被山洪冲到高岸上来的枯树枝，在草地上划着道儿，没有办法掩饰他的沉重心情。当他听到"文化水平比村干部还低，头脑比平原上的农民还笨"的时候，他不由自主地抬起了头，心里一怔："这号话

[①] "怎个相"是陕西关中方言，"怎么样"之意。

在干部会上公开说合适吗？"可是他的古铜色圆脸吸引了很多视线，他感到脸上有点发烧，怪不自在，就用后脑壳靠着树身，仰起头透过树的枝叶的缝隙看蓝天去了。

"不能在这里多工作了，"一个意念出现在他脑里，"想办法要求离开才好。"

"这算甚思想？革命十几年，在哪里碰上过完全的一致？"作为县委组织部长的意识在脑里反驳他。

和冯光祥对着面，靠着隔三五步远的一棵树坐着的县委宣传部长吴生亮，向他投过来同情的眼色。他只要转转眼珠，就可以看出吴生亮无可奈何的不安。那位几次好像要挪过来和他凑在一块儿，可是看看满树林子的人，又改变了主意，只是不断地斜眼瞟着他，变换着坐的姿势。

冯光祥十分喜欢吴生亮的忠厚、朴素和尽职，但是他并不重视他这种同情的作用。这位宣传部长虽是一九三八年的地下党员，在党内思想斗争这方面，他还不如一个解放后入党的坚强的新同志。十几年旧社会的小学教员给他造成了职业性的习惯和性格，几年单独的隐蔽和逃亡生活又侵蚀去了他的自信心理。尽管他的是非心经常是明确的，可是他的态度却总叫你失望。他曾经以中学的老同学和地下的老同志的关系，诚恳地给梁斌提过意见，得到的却是把他当作幼稚的小孩一样的嘲笑和轻视。因此上冯光祥现在不是低头就是仰头，不愿和他交换什么眼色，避免引起周围干部的误会而妨碍了原则问题的争论。

中午的天气越来越闷热，梁斌接受听众递上来纸条的要求，宣布休息十分钟。

冯光祥穿过散乱的人群，走到没有人去的最远的清水河边，在一块顽石上坐下来洗脸。好像要让他的由于天气的闷热和心情的焦躁而沉重的脑袋轻快一下，他用手把头发都浇得淋湿，两手插进头发里使劲地抓着。

"老冯，你看这个事该怎办呢嘛？"背后传来吴生亮着急的声音。

冯光祥直起身子，转过挂满水珠的脸，眯眼看看。那位把裤口卷到膝盖以上的宣传部长在他身旁蹲下来，带着一种发生了不幸事件而没有办法的神情盯着他。

"洗洗脸，凉快一下。"冯光祥用手抹去他脸上剩余的水珠，平静地说。

"啊呀，你老兄总是这相。"吴生亮简直失去了其他一切心思，焦急地说，"这么多干部马上要撒开工作，可是领导上一人一套办法。梁县长来以前不大工夫，朱书记还叫杨宝生打电话说，暂时连群众会都不必要开……"

"这个意思告诉了梁县长没？"

"一来就说了嘛，可是他老兄好像在家里的沙发上把啥都准备好了呀！"

"那么你有法子说转他没？"

"咳！你又不是不知道他那股劲头？引了多少毛主席的话？咱的还说过他？"

"那你着急有甚用项哩？"冯光祥惨淡地笑笑，"快洗洗吧，马上又开始了。"

吴生亮心不在焉地拧湿了毛巾，一边往回走一边揩着脸。冯光祥看看他良善正直的情态，拍拍他的肩膀，说："老边区以前有一句流行话，说毛主席的话都是真经，可是真经也要看怎么个和尚念哩。歪嘴和尚能把真经念坏。"

"对，对！"吴生亮听了这句有趣的话噗哧地笑了。他一只手把手巾举在面前，转过脸来说："这个比喻恰当。听着就不是味，总觉得有些强词夺理。"

"可是我们那些没经验的年轻干部听不出怪味。咱们说不过他，只好把意见反映给党的负责同志。"

"这个相，结果是工作受损失……"吴生亮伤心地喃喃着。

"损失是暂时的，暂时的损失有时候是免不了的。"

到了乱杂杂的人多的地方，两个部长不再谈了。看见梁斌坐在桌子后面扇着扇子，抽烟和喝茶。冯光祥和吴生亮走到跟前去，梁斌举起纸烟盒让他们抽烟。

"梁县长，"冯光祥站在桌子旁边说，"我在滨渭区那面工作，当然是按这个责任区的指示办事。可是有时候渭阳治虫指挥部那面也在电话上指示，两面难免有不一致的地方，我拿哪面的指示当主要的？"

梁斌的鼓眼睛惊奇地盯了冯光祥一阵："你怎提出这个问题来了？"

"这是个实际问题。"冯光祥平静地说。吴生亮在旁边用同情里带着钦佩的眼光望着他。

"朱书记和我的精神是一致的，有些具体问题我接着就要讲。你考虑的问题并不存在。你觉得存在吗？"梁斌肯定地说着，用高傲的眼光怀疑地盯住冯光祥。

"不存在就好嘛！"冯光祥轻淡地笑笑，点着梁斌让的一支烟，退回原来的座位。

梁斌又讲了将近一个钟头，根据他的论点布置具体工作。由于冯光祥的质询，他用了很长的时间说明他的论点——那就是既要做出事实给农民看，又要抓紧对农民进行教育工作。他要各工作组把带下来的喷雾器和药品交给乡和村的干部，责成他们必须做出成绩；而区干部和工作组干部则主要地负责组织群众参观，领导他们开好讨论会。他非常满意地说这是科学的分工合作的方法，按照干部的具体条件发挥他们最大的作用。他并且告诉大家：为了更好地教育农民，他来以前已经派人去找农场场长徐永秀，要他来根据农民的具体情况，编写一个简单的关于棉蚜虫和各种药剂的教材，油印出来，供给各乡村讨论会使用。

"我想明天就可以经你们发下去一部分，以后的陆续发。"梁斌把农场当成本县的骄傲，十分满意地向大家预约。

县长讲话的结束就是会议的结束。散乱嘈杂的听众显然是满意的，在人群中只能听到一点感到美中不足的议论：讲话没有提到群众是个遗漏。

冯光祥回到滨渭区，接连着给朱明山挂了几次电话，都说他到蔡家庄还没回来。这位性直的组织部长在这两种作风的对比下，更是急躁，直到晚上摇到了朱明山，就把全部情况反映给党委书记。朱明山却并不着急，更不气愤；他只是唔唔地表示他听着电话，最后竟然心平气和地说："你们应该按梁县长的布置做。这是个新的工作，各样办法都可以试活一下。我的办法也不见得完全正确。过几天我们就能判断哪些是不正确的，那时候纠正也不迟吧？"

冯光祥觉得他比吴生亮拿得稳，而这位书记比他更拿得稳。但这个修养不是装出来的，而是长期的工作锻炼出来的。"教材"陆续地发了下来，费了好大劲召集起来的讨论会，在短短的夏夜里一开一个鸡叫、天亮；到后来强拉硬迫，到会的还是寥寥无几，发言的更加少了。冯光祥不由得要给朱明山打电话。组织到地头参观的农民很满意药械治虫的效果，但却问："公家共有多少喷雾器？"村干部们，特别是青年团和民兵的小伙子又摆毁了许多喷雾器。而且更严重的是他们强迫群众到会，早晨把守堡子门要群众集合起来上地参观，和那些最保守的站在地头不让在自己地里试办的农民冲突……纠纷一件一件传到工作组来。冯光祥给梁斌打电话，答复总是毛主席的那一句话："严重的问题是教育农民。要是很容易，为啥要说是严重的问题哩？"他又给朱明山打电话，回答只要他坚决制止强迫命令的现象，答应等渭北的四个区群众普遍发动起来以后才考虑过河来……

当区合作社接到县联社的通知，要他们进城去运批发治虫用的煤油、肥皂和石碱以后，冯光祥又给朱明山打过三次电话，才把他催来。

十六

朱明山推着自行车艰难地在渭河宽阔的沙岸上走向河边。淡红色的落日把他和自行车的影子长长地投在沙滩上。

"老乡,等一等!老乡,等一等嘛!"他向正要离岸的一只摆渡船嘶声呐喊。

撑船的老乡停住手直起腰来,和船客们说着什么。船上只有两三个穿灰制服的和四五个穿黄军衣的人,好多辆自行车在船上灿亮地反射着阳光。朱明山以为船要等他了,就低头更使劲推着车子,努力在陷脚的沙窝里跑步。可是他跑到河边硬岸的时候,发现船夫重新撅起屁股撑船了。船离岸不过十多步远。

"老乡停住!不许开走!"朱明山愤怒地大声叱咤,喝住了船。他跳上了自行车,顺着水边的硬岸蹬到船跟前下来,招招手说:"撑回来!"

一个穿灰制服的人神气十足地直拗着脖子,斜眼瞟着朱明山,说:"啥老爷嘛!把船给我撑走!"他转身命令,唾沫星子溅了船夫一脸。

船上发生了争论。一个穿短裤的中年船夫走到神气十足的人面前,态度平和但却语气坚决地说:"现在是毛主席的世事,咱的要讲理。一来咱的船要开时人家就喊叫,还使劲赶了一气;二来把他留下,还得为他一个人摆一回船……"

有五个穿黄军衣的人戴着"公安"臂章,屁股后面都吊着盒子枪。他们有的嘟嘟囔囔说着什么,有的制止着。这时有两个船夫蹚水到岸上来了,一个扛了朱明山的车子,另一个要背他。他不要背,把裤子卷到大腿根上,提着鞋,蹚水上了船。

那个神气十足的人轻蔑地从头到脚打量着朱明山。朱明山也打量着那人:从面容上判断,他要比朱明山小几岁;从这种可笑的派头上判断,他不会是什么了不起的高级首长。

"你是省公安厅的?还是专区公安处的?"

"我是县局的。"那位用专门的简称回答,好像很不愿意说出这几个字。

一丝笑意不由自己地浮上了朱明山薄薄的尖嘴唇。这笑意只停留了几秒钟,立刻被一种深沉的沉思代替了。

他的情绪变化似乎又没有被对方所觉察。

"你是保险公司的？还是粮食收购站的？"

"你以后会和我很熟。"朱明山厌恶地背过脸说。为了使这个继续下去势必尴尬的谈话就此打住，他好像根本没发生过什么事的样子，悠闲地问站在船尾上执老杆的老船夫："老人家，你们这船摆到什么时候就不摆了呢？"

"啥时有人啥时都摆。"胡须在晚风中飘摆的老船夫说，"在毛主席领导下，七十二行都是为人民服务嘛。有人过河，咱的能不摆哩？"

朱明山见老汉骄傲的神情，忍不住笑起来。愉快的谈话继续到船到了南岸。

大家下了船。朱明山从神气的变化上看出那人已经感觉到他是什么人了。公安局的八辆车子被大家推上了高岸，那人和一个背盒子枪的留了下来。背枪的非得替朱明山把车子推上去不可，结果只剩他们两人在后边走上坡去。

"你是朱书记吗？"那人脸红地问。

"对。"朱明山说，"你是郝局长吧？你在老边区住过几年？连学习三年，不算长，可总算老区来的。老同志不光是指导别人的工作，在平常的态度上，恐怕也应该是别人学习的榜样吧？你看，到处是一片新同志、新干部，他们除过从老同志身上再从哪里看见共产党员应该是怎个样子？"

公安局长红着脸，歪咧着嘴角，没什么话说。两人默默地上了坡到平原上。

"朱书记是回城里去吧？"郝局长最后讷讷地问。

"到河口区去，我们以后在城里见。"朱明山接过他的自行车，伸出一只手给公安局长握了握，分了路。

朱明山在另一条早已打听好的被铁轮大车轧下深车辙的路上，小心翼翼地把着自行车蹬着。他匆忙地扭头瞭了一眼公安局长领先的八辆自行车的阵势，心里感到好像丢了个什么东西一样难过。

"这号领导同志不要说工作出岔子，光光把他领导的干部带坏，也是个大损失！"

他竭力丢开不愉快的想头，在这条既坎坷又弯曲的路上不断打听着，要在天黑以前赶到驻在南王村的滨渭区上。终于有个牵牛放青的老汉指给他说，前面的一大片树林子就是南王村。

他在自行车上远远看见村外路边上的一段谷地里，有个穿灰制服的干部蹲在地边，他的对面有个老乡在谷地里锄草。朱明山蹬到近处见那人正是冯光祥，一边拔草一边和老乡谈话。冯光祥敏感地调头一看是县委书记，立刻高兴地站起来把手里的一把草丢在路边上，依然是山地农民沉重的步态走到路上来，和下了自行车的朱明山握手。

"我估量你快来了。"冯光祥喜形于色地说，马上要替书记推车子。

"不要，"朱明山把车子停放在路边的青草上，一边揩汗一边说，"休息一下我自己推上走。我不喜欢这样，反而觉着怪不自在。"

"我推一下也不能算你的剥削账。"冯光祥敬爱地盯着书记，乐呵呵地笑着。

"从南王村到湄镇多远？"朱明山问。

"十二三里。"

"路好走吗？"

"比渡口到这里平。"

"有月亮，没问题。抽支烟吧。"朱明山乐观地笑着，在路边的草地上坐下来。他的这种态度对于无论谁有多么愁楚的事，都能叫人轻松一截子。他给蹲在身旁的冯光祥和自己每人点着一支烟，使劲抽了一气，说："在渡口上碰了一件气人的事。"

"怎么个事？"

"碰上了咱们的公安局长！"朱明山忍不住的笑里带着惋惜。他把所见的情形简单提叙了几句，并不提上船的事，然后气愤地说："一个县的公安局长哪来那么大的派头，不管什么任务下乡，怎么能威风凛凛、大张旗鼓带着一串人？现在又没战争。"

"哼！"冯光祥鼻孔里冷笑了一声，"梁县长说那是模范的布尔什维克精神，对敌人铁面无情，警觉性高。四九年私自给他外县的家里两条枪，说是自卫。给那里的公安局提走，交涉了多少回，到现在还没要回来。"

"他家庭是什么成分？"朱明山问，咬着下嘴唇。

"富农。"

"处分来没？"

"我才没说还受表扬吗？梁县长把全县镇压反革命的功劳都记在郝凤歧一个名下了，好像各级干部和几十万群众都睡觉了。特别是逮住了一个埋伏在本县的现行特务头子，省公安厅通报了一下……"

"唉！"朱明山惋惜地叹口气说，"这样就把他害了，发展下去很危险。"

话头转到梁斌关于治虫工作的一套布置和领导上来了。冯光祥好像憋了一肚子气，好容易找到一个倾吐的机会，滔滔不绝地讲起来，有时还学着县长的神气。朱明山把烟头子扔在背后的包谷地里，笑着提议一边走一边谈。

"梁县长到乡上和村里看过没有？"朱明山推车子问。

"多少次群众运动，他到的最下边是区上！"冯光祥古铜色的圆脸气得更红，"人家当地人甚情况都了解嘛！他下来几天，一直和他的助理政务秘书住在区上。小馆里叫饭吃，经常喝酒。区上的干部除非有紧急事，谁也不敢回区上去，怕他把脸一沉问：'不好好在下边工作，回来干啥？'他把一个领导的作用降低到好像老百姓插在庄稼地里吓唬飞鸟的草人一样了……"

朱明山听着县委组织部长对县长的尖锐的抨击，竖起他的薄嘴唇尖微笑着，转头看看那古铜色的圆脸，问："你说的这些，一点也没有言过其实的地方吧？"

冯光祥显示出不被了解的痛苦，甩着粗壮的胳膊，跷着沉重的脚步，一言不发地走着。这种表现使书记很容易感觉到他的不满。

"譬如说带片面性，夹杂成见？"朱明山仍然微笑地解释，重新用探察的眼光看看组织部长。

"也许我说得太多了。"冯光祥的谈兴垂直地下降到不愿再谈的样子，心里想一下子给领导上说明一个同志，反而引起领导上的怀疑。沉默了一阵，他又补充了一句："你以后会了解我是不是说谎的人。"

"倒不是这个问题，"朱明山用哥哥对弟弟似的态度，严肃地说，"有这样的情况：可能有些领导同志看不见自己的缺点，只看见人家的缺点。因为锻炼差，修养不高嘛，他就不可能帮助人家克服缺点，反而不择场合地揭发人家的缺点。结果就造成一种印象，打击别人，抬高自己。这样当然叫被揭发缺点的同志不满意，也来揭发他自己不自觉的缺点。三弄两弄，大家都离开工作上的实际问题，互相揭发缺点。因为离开了具体工作，当然说不上提克服缺点的意见，于是乎大家都当面嘻嘻哈哈，背地里唧唧喳喳。你说有这种情况吗？"他说到最后望着组织部长问。

冯光祥的圆脸上重新出现了笑容，笑得两个脸颊纵起，从心里佩服地望着书记。

"人都不是毛驴，"冯光祥叹息说，"讨厌了一个人的时候，总不愿意悄悄听他支使……"

"既然不是毛驴，应该更积极一点。"朱明山笑着截住说，"我想还不光是人，而且是共产党员。共产党员应该是世界上最有积极性的人。对你来说，你知道你是怎么个人。我们是为了把事情办好揭发缺点，因此我们批评人的时候，总是从工作的利益说起，还要说出改进的方法。我想这就是我们今晚上和梁县长谈的时候，你应该注意的一点。对不对？"

"对！"冯光祥觉得书记的提醒对他是这样适时的，否则，他在接着的汇报会上难免要带些个人意气。到了聚集着一堆说闲话的老乡的堡子门前，他问："你到这个区上去看一看不？"

"不去了，你们快一点来吧。"朱明山说罢，就参加了那堆老乡们的闲谈。

还没抽完一支烟，冯光祥就同滨渭区的区委书记和区长骑车子出了堡子门。四个人一齐在东面初升的淡淡的月光和西面落日的余晖映照下，沿着大平原的大车路奔湄镇去了。

十七

沉没在白色炊烟底下的湄镇到晚上是个相当清雅的地方。人们坐在院子里乘凉,可以听见清水河淙淙的流水和渭河令人想到刮风的呜呜声;而抬起头来,不管离南山根更远了,秦岭总是一到晚上就移到墙外来。

朱明山和冯光祥他们到湄镇区上的时候,梁斌、吴生亮和河口区的区委书记、区长,还有好像保姆一样寸步不离县长的那位政务助理秘书,已经在区上的院子里摆好了桌椅和茶水,等待一阵了。

"啊哈,朱书记,"当朱明山还在停放他的自行车的时候,梁斌好像好客的主人一样,粗壮的身子蹒跚着过来和他握手,"这几天我总想过河到渭阳来和你谈一谈,家里一天几回电话,走不成。听说渭北几个区的群众动起来了?"

"动是动起来了,好多地方工作还不深入。"朱明山用习惯的实事求是的态度说。

"是的，"梁斌很高兴听这句话的样子立刻说，"要深入。真正从思想上发动群众，可不简单。刚才我还和他们扯哩。要是达不到教育的目的，今年的虫治了，明年哩？还不得兴师动众？可是踏踏实实教育群众吧，他们就是不容易接受。这真是个伤脑筋的问题……"

几乎每个人都明白县长已经开始为自己的做法打掩护了。有人会意地互相看看。

朱明山自然也明白，但是他带着他惯常的微笑走到放着一盏煤油提灯的桌前，和每一个等待他的人握手——他认识的吴生亮和他还不认识的河口区委书记、区长。当他握到一个瘦长个子的瘦长手时，县长介绍是他的政务助理秘书，名叫王子明。朱明山放开手又特别注意地重新看了那王秘书一看：仍是瘦长脸，脸上是深眼窝和尖嘴巴，一颗大金牙反射着灯光。不知怎么回事，从杨宝生所说他接电话的情形，就在县委书记印象里留下不愉快的感觉；现在，朱明山甚至觉得本人比他想象的还要给人感觉不愉快一些。

"王秘书，"梁斌带着一种权威的神气命令说，"你去看朱书记在哪个屋睡，叫把蚊香给点着。薰完以后把门给关严，不要叫乱人开。"

王秘书好像仆人一样驯顺地去了。

"睡觉还早吧？"朱明山在桌子后边的椅子里坐下笑说，"蚊子这么严重吗？"

"要早做准备。"梁斌恳切地说，显示出是一个生活上非常精细的人，"这个地方靠河，蚊子可凶。我下来的时候没想到这一点，头一夜就吃了亏。"

他把他的裤腿提起，抬脚给县委书记看：粗胖的小腿以下的确有不少蚊虫为害的痕迹，搽着红药水，好像负了伤。

"噢，真厉害。"朱明山淡淡地评论说，把他的笔记本子掏出放在面前的桌上，又把钢笔放在揭开的笔记本子上，然后噘起他的薄嘴唇尖笑笑，环视着在场的冯光祥、吴生亮和两个区的四个负责干部，最后和县长的视线相对起来，"咱们就谈吧？"

"你看怎个谈法？"已经在桌子的另一边坐下来的梁斌沉下了脸说，他的鼓眼睛盯着县委书记，好像要努力看出将会怎样找岔子呢。

朱明山简单地讲了几句话，主要是说明他第一次在电话上对冯光祥说过的意思：这样大规模地动员群众扑灭害虫是个新的工作，领导干部和一般干部都没有多少经验，需要在实际情况里现摸索，因此在工作开始的时候不一定非采取一样的方法和步骤不可。接着他又举北京《人民日报》和西安地方报纸的报道做例子,来说明发生棉蚜虫的地区是多么辽阔,那么个别地方走点弯路,工作的进度有赶前错后的现象是不奇怪的。

"把大家找到一块儿谈一谈的意思,"朱明山心平气和地说,"就是要看看已经做了些什么工作,眼前的情况是怎个样,然后想办法把运动给搞起来。大家看是不是这个谈法?"

可以明显地看出:他的这段话把大家对汇报的各种猜测扫除了。大家都满意地抿嘴笑笑,眉目间显露出对他这种诚恳、直爽和无私态度的钦佩。

"老梁,你看对不对?"他又特意征求县长的意见。

"对嘛。"一直低头沉思的梁斌抬起头来,做出勉强的笑容;他已经开始感觉到朱明山和调走的常书记之间有多大差别。他的目光有意避开冯光祥、吴生亮和两个区的负责干部——他们都听过他那天在动员会上怎样尖刻地批判"手工业方式"和"跑烂鞋作风"。

两个区的干部互相推让着。冯光祥记着朱明山在路上要他注意的事,他把两条腿弯曲在椅子上抱住膝盖坐着,坚持要河口区长讲,免得造成他有反击县长的意思。河口区的工作队长和区委书记、区长又互相推让。四个区干部不断地斜眼瞟着梁斌的脸色,好像在这样的场合汇报工作不知有多么困难。

推来让去，吴生亮只好掏出他的本本讲了。他用了很长的时间报告了逐日的活动，主要是乡村干部会和群众讨论会的内容和进程。他眼睛一翻一翻几次瞟着县长，不断地用"这个，这个"的口头语来填补他谨小慎微斟酌词句的时间，虽然他还根本没有提到召集会的困难和会上越来越冷落的情况。朱明山毫无兴趣，但也耐心地听着，既不打岔也不评论，只是有时拿起笔在本子上写几个字。吴生亮谈完讨论农场场长编写的关于棉蚜虫和药物的材料以后，朱明山惋惜地说："徐永秀同志呢？忘了请他也来一块儿谈。"

"他来搞了三天，农场有事回去了。"不知什么时候默默地坐在梁斌背后的王子明说。

"他写的些什么，我还没看见。"朱明山发生兴趣地望着梁斌。

"没有给朱书记送去？"梁斌转脸问背后的王子明。秘书噘起尖嘴巴不吭声，深眼窝里眨着认罪的眼睛。梁斌气愤地一扭头回来说："搞啥哩嘛？连制度都不懂！"

"要是没什么政治内容的话，送不送关系不大，何况宣传部长在这里。"朱明山笑笑说，接住冯光祥从兜里掏给他的一份。

吴生亮又讲了不几句结束了他的汇报，区委书记和区长都说没有要补充的。

"难道喷雾器连一点作用都没起吗？"朱明山翻翻油印的材料，迷惑地说，"这个材料和实际试验是很容易联系起来的嘛。"

"抓住这头放了那头，这就是我们的老毛病！"梁斌厚嘴唇不满地嘟囔着。

他的这种一有机会就想把责任推到别人头上的态度，引起了两个区的干部普遍的不满。大家七嘴八舌纷纷诉苦的诉苦，辩解的辩解。这个说干部一夜忙着召集开会和主持开会，白天都睡了觉；那个说村干部比较负责的也是白天睡觉，结果喷雾器全给青年团和民兵掌握了，没有好好计划和组织。冯光祥说他准备在滨渭区减少一些会，抽调一些人加强控制喷雾器；都说梁县长给工作干部和村干部分了工，要"按照干部的具体条件发挥作用"……

"我这个县委组织部长倒不能发挥作用。"冯光祥不能自已地还是说了句气话。

"真糟糕！"梁斌甚至气愤起来，点着的纸烟在他手指中间冒着一缕细烟。他眼盯着冯光祥，说："我那天怎么讲的，你该在场吧？我说工作干部主要是教育和组织群众，村干部主要是实际治虫；我又没有说不要联系，各搞各的。你们要那么领会我的话，我有啥办法？你们都听了我的讲话……"

吴生亮和四个区干部望着组织部长。冯光祥轻淡地笑了一声，说："那就怪我在干部中没威信，说话不起作用……"

吴生亮清瘦质朴的脸上显出非常难过的神情。他明白冯光祥这话的意思是指梁斌在那天的会上拐弯抹角批判老区农民干部，用惋惜的眼光看看他的老同学，但他又不能直截了当说破。他只对县委书记评论说："总而言之，这个，这个，这两个区的群众没有发动起来，是吃了宣传教育和实际行动没有结合起来的亏了。"

"对。"朱明山看看吴生亮，觉得这个三十大几的宣传部长是个满朴素的同志。

还不大会写笔记的冯光祥请滨渭区的区委书记或区长报告工作，朱明山说不必要了，因为两个区的工作进行得大体上差不多。他就和大家谈起眼前的情况来。

情况也差不多。大家一致说治虫工作这两天已经逐渐地在大部分乡村陷于停顿状态。群众普遍地抱听天由命的态度——"虫子嘴里有余粮"；"等下雨吧，下场雨就好了"；"棉花保了险，瞎了有保险公司包赔"。有些地方发生纠纷，因为坚决制止强迫命令稳下来了。冯光祥说滨渭区有几个沿河的地方，受了渭北的影响，群众动起来了，如果县委书记当天还不来的话，他准备晚上到那些地方去看看。

"动起来的地方有多少？"朱明山听到这点，阴沉的脸上露出了希望。

"你不是从那里来吗？"冯光祥转向滨渭区的区委书记。

"今天才发现，还不是有组织的……"

"不能等着影响慢慢过来，我们要想办法。"冯光祥不耐烦地转向朱明山。朱明山同意地点头，用手扶着他的尖下巴沉思起来。

大家沉默中，一阵急促的电话铃声突兀地响了起来，打断了朱明山的沉思。他敏感地仰起脸来，想着是不是渭北又发生了什么事给他来电话呢？过了一阵，一个区上的干部走过来说："梁县长，公安局郝局长请你接电话。"

梁斌拖着鞋去接电话，王子明瘦长的影子跟在后边也去了。一阵之后听见梁斌说电话洪亮的嗓音，院里的谈话会上顿时显得无拘束起来。朱明山在煤油灯光中也可以看出：大家脸上的线条也不再是那么死板板的了。

冯光祥提出立刻停止一切无用的讨论会,要工作干部和村干部一道用新创造的方法治虫,来带动群众。吴生亮提出在两个区里组织一部分干部和群众到渭北治虫最好的乡上去参观,可以加快一些进展。四个区干部都同意,大家你一言他一语,一致的意见是两个办法可以同时进行。

"开头还是要有重点,不能全面一家伙转变。"朱明山同意。他只考虑着梁斌在这里指导工作的处境和他可能的表现问题——他是个不容易改变自己的人。但县委书记嘴只说:"要给下边的干部一个思想上拐弯的余地。"

"不,我马上回来。"梁斌在屋里挂了电话,好像战时发生了紧急情况,神色严重地出来走到朱明山跟前说,"朱书记,进屋来和你谈个问题。"

院里隐隐约约听见屋里县委书记和县长低声谈话,只见梁斌的通信员在月光下备马,不知发生了什么紧急事。大家都抽着烟说闲话,表上的时间已经是夜里十点钟多了。大张旗鼓镇压过一次反革命以后,什么紧急事使县长非得深更半夜回去不可呢?

马备好了。县委书记和县长出来了。

"你一定要马上回去也可以。"朱明山一边走一边严肃地说,"我连一点情况也不摸,可是我已经来了,就要负责任。不要太急,向上级打报告以前,必须经过县委会讨论。这不是我一个人的问题,而是党委会的问题。"他用头指点着冯光祥和吴生亮。

大家看不清楚,可是感觉到他的声音比谈论治虫严厉得多,似乎警告不许违抗。

"好吧。我回去搞清楚再来。"梁斌到门口伸出粗壮的胳膊和朱明山握了握手,接过马缰绳走了。

好像根本没有发生过任何事情一样,朱明山回到原位上又是满脸笑容,和大家继续讨论转变工作的具体方法和步骤。当他表示他将留在渭河南岸两三天,替回县的梁斌帮助大家工作的时候,大家都高兴得闭不上嘴。

十八

"啊？是吗？"李瑛一听杨宝生说县委书记到渭河南岸要两三天才能回来，惊奇地瞪起两只毛扇扇的大眼睛。她把挂在肩上的帆布挂包放在桌子上，好像里面放的有珍贵的东西怕人抢去看似的，两只秀致的小手习惯地压在挂包上，失望地喃喃说："昨天来就好了，可是有两个村的田间鉴定直到傍黑才做完……"

"你们就要结束工作了吗？"已经停止阅读学习文件的杨宝生站在脚地高兴地问，盯着李瑛晒黑了也粗糙了的脸庞和燎起火泡的嘴岔①。

李瑛依旧有点惶惑地用指头尖按按她嘴岔上的火泡。

"基本上结束了。现在还有不到一百亩棉花要继续治，其他四百多亩已经恢复原样了。好多群众正绑井架、

---

① "嘴岔"是方言，"嘴角"之意。

清理水壕,准备给棉花浇水哩。"

"这回叫你们把红旗给夺了。"杨宝生热情地望着这个第一期县训班的女同志说。

"说的啥话哩?"李瑛不高兴地反对,"你又不是不知道?朱书记一下来就到我们那里,从布置开会、配药到地里治虫,样样项项都要亲眼看看,指点得可周到哩。要不是朱书记走那回,我们一开头能那么顺利吗?"她说着,觉得还不圆满,又补充说:"蔡治良这回也起了很大的作用。"

秘书干事对青年团县委副书记的这种"功归于人"的态度表现出佩服的神情。

"河南岸两个区连一点还没动。"杨宝生突然败兴地报告。

"是吗?"李瑛疑惑地问,"怎搞的?下来这么多日子了嘛……"

"太严重了,"杨宝生非常惋惜地说,"梁县长老是怕人家瞧不起他,做出来的事可偏偏不能提高他的威信。你想嘛:下来以前人家的失败经验他不接受,河北岸告诉他新的经验他也不在乎,同志们给他提意见更没用,硬上实行他自己的那一套,连电话他也懒得听。结果弄得那两个区的棉花多一半要减产……"

李瑛鄙弃地撇着嘴听着,最后摇了摇头。想起县长曾经要把她调到县政府秘书室工作,她坚决不干,就心怀不满地总是侧着鼓眼睛看她,她甚至厌恶地说:"不要谈他了。朱书记去了,大约能挽救过来。咱说我们怎办吧!"

"你们有啥问题哩?继续把虫彻底治了就完了。"

"我觉得乡干部有这样的毛病。"李瑛并不那么乐观地说,"虫严重的时候他们手忙脚乱,不知怎么办是好;现在虫还没有完全治了,他们就有点太乐观,以为万事大吉了。他们老惦着公粮,那个乡有百分之七十还没入仓。他们要转到入仓工作上去,剩下的叫我们工作组掌握着继续治……"

"噫!"杨宝生说,"这可得请示领导上哩。朱书记在县上的动员会上就说过:要有始有终,不许草率收兵。"

"要不我打早就跑来了?白科长现在在哪里?"

"快回来了,朱书记昨晚上深夜来电话叫把白科长找回来,给他挂电话。区上的通信员打早就到九乡找去了,你等着吧。我先给你打盆水洗脸。"

年轻的干事提起脚地放的一个铜脸盆,殷勤地就要去打水。

"谢谢你，我在路上的水渠里擦过一下了。不过我可要在这里吃早饭……"

"好，我去告诉伙房。"

李瑛也跟着出到夏天的早晨清静凉爽的院子里。她没有跟到伙房去，却像找谁一样从钉着纱布的窗口朝里看看这个屋子，又看看那个屋子。她在朱明山住的小崔的屋子窗口上朝里看了好一阵。桌上收拾得干干净净、整整齐齐，桌子两边靠墙摆着两张床。一张床上铺着带蓝条条的小崔的床单；另一张床上铺着很宽大很干净的白床单，那恐怕就是给县委书记新支的床吧？

连李瑛自己也不能一下子找到一个明确的答案——为什么她对朱明山的生活发生了一种隐秘的兴趣？难道和这个新来的县委书记不过几回的接触，她已经爱上他了吗？不是。她还几乎完全不了解朱明山：他为什么把爱人和小孩们留在西安，自己只身跑到一个小县里工作？按照一般的情况，自一九五〇年春天以来，老区来的负责同志不管到哪里，总是婆娘娃儿一大堆。如果县委书记好像老区来的同志那样要和原来的爱人离婚了，那么他们中间复杂的实际情况究竟是怎么个样子？男方在私生活上有没有不道德的动机？所有这些都是李瑛所不了解的，她也无从去了解。那么按照她一向所坚持的恋爱态度,没有真正的互相了解,就谈不到"那一点"。

但是李瑛又不能欺骗她自己,新来的县委书记的确撩动了她少女的心了。也许这只是一般所谓的"好感"——对一个有修养的老同志的崇敬和对一个男性的爱慕混搅在一起。但她不可能像解放前她在中学里学化学实验时把水分解成氢和氧两种元素那样,把她的这种好感分解开来,因为她总是有那么一个问题搁在心上。

自从朱明山那天不期而到蔡家村一回以后,她总是暗暗地希望他还来。她甚至不止一次产生过幻觉——从村里到地里去治虫的时候,好像出得村就可以在路上碰见县委书记骑着自行车来了;从地里治罢虫回村里去的时候,好像县委书记正在村里和老百姓谈着话,等着他们回来了解治虫工作进展的情况。朱明山微微噘起薄嘴唇尖的笑容,那双可以洞察微细事物的晶亮眼睛,和他在任何情况下不浮不躁地谈论工作的那种老大哥风度,在她的脑里把张志谦年轻漂亮的影子完全挤掉了。一清早起身来渭阳镇的时候,她越接近目的地,好像前面并不是什么渭阳镇,而是只有县委书记一个人。她想象着朱明山对她做过的工作和还要做的工作会说些什么,他看见她脸上所起的变化会说些什么呢?……然而她兴冲冲地到区上一看，县委书记却过渭河南岸去了。

当她看出诚实纯洁的秘书干事并没有觉察她的过分警觉还有这么些心理内容的时候，她立刻显得好像除了工作问题，她再连什么也没想到过。

杨宝生和李瑛回到屋里，秘书干事把桌上揭开的《中国共产党的三十年》合起来，谈起他和新首长相处几天的感想来了。

"越有修养，越没架子。"杨宝生感慨地开始，好像他第一次发现这条首长对待干部的规律，满口称赞朱明山。

他告诉李瑛：朱明山怎样经常在决定某一个问题的时候，问他当地的情况，征求他的意见，口气是那么亲热："宝生，咱们研究研究。"好像他并不是一个才参加工作两年的干部，而是县委的秘书或是部长。他说他开头有点受宠若惊，心里有个看法，嘴里也拘束得说不出口；书记好像看出他的心事，不相信他没个看法，鼓励他发表自己的意见。他学着朱明山用一只手扶着下巴尖在脚地来回走着的神气，告诉李瑛：这位县委书记遇到问题的时候是个考虑的时间比说话的时间长的人。

杨宝生又拿正在高台区那边的赵振国和已经调走的常书记做比方，说他们作风虽然也朴素，但是和广大的知识分子出身的新干部在一块儿总像隔着一层肉眼看不见的东西，没有和他们出身一样的老干部们在一块儿亲密、话多。而朱明山呢，杨宝生指着他睡的床说，县委书记没事的时候就来在他床上一躺，同他像老朋友一样谈话，问他家庭的情况、解放以前上的什么学校、解放当时是怎个思想、参加工作以后做过些什么、思想上起了些什么变化……最后鼓励他在工作中抓紧学习，说这个是中国历史上从来没有的伟大时代，每一个诚实的人都能有自己想不到的作为。

"总而言之，"杨宝生最后兴奋地说，"朱书记对人是那么诚恳、那么亲切……"

李瑛听得入了迷，杨宝生说完了，她还在等着听。

"朱书记大概是知识分子出身。"李瑛想起朱明山很珍贵书，猜测着说。

"啥嘛？参加革命以前还没有上过正式的学校哩！"杨宝生笑说，看着李瑛迷惑的样子，"不简单吧？他有一句话可说到我们好多人心上了。他说有些人以为只有老区来的工农干部要学习，不知道要把国家建设成社会主义社会，每一个同志都要学习。你看有多少咱们的知识分子新干部脑袋越来越大，以为老区来的同志没用了，自己有办法……"

"张志谦就有这股劲。"李瑛心里想，用理智控制着，免得给人恋爱不成就诋毁别人的印象，没有说出口。虽然张志谦是从第一期土地改革中企图包庇他一家亲戚的成分开始丧失了李瑛的好感，但恶感却是从他对自己和对老区来的同志不自量的看法开始的。李瑛依旧和解放初期一样尊重他们，并且同情他们在新的时代碰上横在面前的巨大困难。李瑛想象到他们是和当地现在的村干部一样为了翻身参加革命的，多少年的战争中他们做了繁重的工作，有文化的人在工作中稍不抓紧就把学习挤掉了，没文化的人更不用说。战争的胜利把他们带到一个对他们生疏的、复杂的新区，一点社会改革的经验很快用完了，他们怎么能不苦恼呢？

"白生玉同志最近的情绪怎相哩？"李瑛用关切的口吻问。

"罢了。"杨宝生说，"朱书记来给他鼓了把劲。不过除了汇报那回，他和以前一样总在下面钻。掌握全盘总是有困难，也许是朱书记在这里，他放心着哩。"

于是两个年轻同志又谈起解放两年来人事上所起的变化。他们回忆起解放初期，新区干部不管地下的还是新参加的，都是拼命朝老区来的同志学。开会，上课，大家只是个往本本里记新名词和新术语。连鞋口上穿开窟窿结带子,连衣服披在肩膀上都学。老百姓找干部办事寻陕北口音的;开群众会要陕北口音的讲话,群众听起来才带劲。说得两个人好笑了一阵……

"说甚哩,这么高兴?"门里进来一个彪形大汉,疑惑地问。

"白科长回来了。"李瑛和杨宝生都站起来,四只眼看着白生玉长方形的大脸。

白生玉胡子巴茬的脸也晒得顶黑,粗糙而且消瘦,一个大嘴巴的嘴唇上裂裂巴巴尽是干皮。除了一身干部服,帽子一摘,你就可以想起一个刚从地里劳动回来的农民。他坐下来,就掏出他的短烟锅装烟。杨宝生马上去给县委书记摇电话,因为要经过城里的总机,很费劲。

李瑛抓住这个时间,立刻开始向工作队长汇报三乡的治虫工作,主要是治虫互助组和为了争取更多的妇女下地治虫而组织的看娃组的情况。她从挂包里取出她的笔记本本,报告三种类型的治虫互助组:以土地改革以后组织的生产互助组为基础的,按住地相近的居民小组为基础的,还有按棉地相近自愿临时联合起来的。她特别强调妇女和儿童在治棉蚜虫上的巨大作用,他们甚至于比男人治的还多。她说自从蔡家庄带动了全乡的妇女和儿童参加了治虫以后,把预计治虫的时间缩短了几天。白生玉父亲一般看着那个燎起火泡的说话很快的小嘴，笑问："没拿全村为单位，见谁家棉花地里有虫就治的吧？"

"没有。有提议把小学生组织成治虫大队的，群众不同意，还是以家庭为单位分开参加了互助组……"

李瑛看着工作队长长方形的大脸，准备回答进一步的问题，可是白生玉啵啵吸着短烟锅，再不问什么。她就把乡干部要转到入仓工作上去的问题提了出来。

"不行！"白生玉生硬地说，"这杆红旗还没抓稳，就想夺那杆红旗？干部转到征粮工作上去，老百姓就没法继续治了……"

他还要说什么，杨宝生已经接通了电话，给他递耳机。他嘴里噙着烟锅听朱明山说话，他唔唔地答应着，因为噙烟锅，口水流到他的短胡子茬里。他拿了烟锅向朱明山报告渭阳区发现的新问题：有两个乡组织治虫大队、中队和小队，不按互助互利的原则，见有虫的棉花就治，浪费人力物力很大，群众不满意，干部说这就是社会主义，将来生产都要照这样组织……

"什么'社会主义'？"连李瑛和杨宝生也听见耳机里朱明山大怒的声音，"马上叫他们停止胡搞！"

"啊哟！他也有发脾气的时候……"李瑛暗想，也许他在南岸两个区碰见不愉快的情况正烦躁着。

白生玉接着把李瑛的问题提出,朱明山照例要先听提问题的人的意见。白生玉除了把刚才对李瑛说的话讲了以外,又继续说这是一个普遍的危险,因为大家已经晒了好几天,疲劳得也够受了。李瑛关心着这个问题,站到高大的白生玉身旁来了。

"告诉大家要努最后一把力哩!"朱明山在电话里的声音,李瑛很难听清楚说的什么,白生玉血管突起的有力的大手把耳机紧紧地扣在他的大耳朵上,"这是打仗哩。南岸两个区虽然没发动群众,可是梁县长有句话说得很对:要有个长期打算。渭北好多地方群众是一哄起来的哩,要动员宣传员利用传话筒和黑板报对群众深入教育才行啊。到收尾的时候工作组可以分一部分人做这个事情嘛。目标是要把我们带下来的喷雾器全部通过各区合作社贷给群众,放在城里有啥用哩?叫宝生把这件事打电话告诉老赵,再给各区写个正式通知。你个人的问题考虑来没?还没有给家里写信吧?"

"这个,往后见了拉谈。"白生玉当着李瑛和杨宝生的面有点吞吐地支吾了一声,也不说声再见,就把电话挂上了。李瑛脸上显出一种惋惜的神情,可是她怎么好要过耳机来和县委书记说话呢?

白生玉把朱明山的话原盘告诉了李瑛和杨宝生，他们钦佩着县委书记想得周到。

"朱书记说南岸两个区今天组织起一些人过河来参观，快吃饭吧。"白生玉说着，就匆匆忙忙径直出门去了。

积极的秘书干事不等吃了饭就给赵振国摇电话。李瑛见桌上的马蹄钟已经快十点钟了，赶紧去吃了饭好回去。

十九

白生玉吃罢饭，连烟也没工夫抽，摸摸他的短烟锅在兜儿里，就扯开两条长腿大步地往渭河边的六乡上走了。

到大关中平原上工作已经二年多了，他连自行车还不会骑；而和他在一块儿工作相近二年的小崔只学了一个下午，就骑着车子全区到处跑了。小崔轻而易举的成功曾经引起过他的兴趣，但是当他跨上前后两个人把着的自行车的时候，那两个胶皮轮子就像调皮马有意和他捣蛋一样，完全不像他看别人骑的时候那么听话、灵巧。他一次又一次地给掼得趴在地上，屈了他的手腕，碰了他的膝盖，惹得大家哗哗大笑。最后一次他爬起来拍拍两手和衣服上的尘土，生了气。

"学这做甚！咱在陕北工作了十几年，跷腿就爬山，一走就是几十里。这达一马平川，从区上到最远的乡上也不过十几里，走起和蹓腿一样。为省点腿把命报销算了，划不来！"

他再也没学。调到县政府建设科以后，想不到这也变成他精神上的负担了。科里有两辆自行车，一辆是专为科长用的；但是他不管走多远到哪里去，只好步行。副科长和科员们背后议论没有，他不知道，当面他还没看出什么。只有梁县长那么轻蔑地当面笑他："连个自行车也没学会，还接受啥新事物哩嘛？"关于他学自行车的故事，老区来的同志经常开他的玩笑，他脸也不红；就是梁斌说他，特别刺痛他的心。有人解释说这是批评，他心里结住一颗疙瘩，说："我革命十几年，连个批评和打击也分不清了吗？"

现在，他步行到六乡去准备县长领导的责任区来人参观的事，那两条长腿走起来特别带劲。沿路看见各村治虫的男女老少已经成群结伙下地了，他心里想："你县长能接受新事物，为甚不把群众给发动起来？雀头摆碟子，光嘴！"

他一口气走到六乡乡政府。小崔和工作组长正在那里召集起工作组干部和乡干部讨论田间鉴定的事。他们已经分配好谁去哪个村，就要分头去找村干部下地了。

"等一下再走。"白生玉在院里说着，走进了屋子。

人们重新在屋子里聚集起来，高兴地听着建设科长朝区委书记和工作组长谈河口区和滨渭区的群众要来参观的事。白生玉谈到县委书记在电话上关于接待参观者的具体指示时，特别着重地对小崔说："朱书记叫你趁他们一来喝水的时光，简简单单讲一下治虫互助组的问题和几种治虫材料的用法就对了。朱书记特别强调什么形式也不要搞，什么会也不要开；人家和赶集一样，时间有限，同时不要影响这达的工作。"

小崔沉着孩子一样稚嫩的脸听着，然后转着他机灵的眼睛看看工作组长说："那么大家照旧下去做田间鉴定。"

"要把这个消息拿传话筒给群众广播出去吗？"相当荣幸的乡长高兴地大声问。

"不需要吧？"白生玉努力体会着朱明山的精神，"这个乡不是模范，也不是重点，朱书记光说这达路近，同时崔浩田同志也在这达。广播了群众会不会特别紧张，给人家看出做假？你们看吧。"

"广播一下，群众带劲。"大个子工作组长看着小崔。

"这不是个大问题，"小崔显着和他的年纪似乎不大相称的老练，笑说，"反正群众是发动了。好像自行车蹬开了一样，你在后边推一把和不推，差别不大。"

人们对这个年轻区委书记看问题独到的明了和深刻，

显示出比对他的前任书记白生玉更信服的神气。大家七嘴八舌说广播一下能提高群众的情绪,小崔带着一种无所谓的态度征求得老白的同意确定了,大家兴致勃勃地分头走了。小崔叫那个看样子还不到二十岁的乡文书去找本村的村干部给参观者烧水和准备喝水的碗……

乡政府里剩下两个人。小崔问老白他所知道的其他乡工作的进展,老白从八、九两乡搞"社会主义"的笑话,谈到李瑛反映三乡的乡干部想草率收兵的倾向。他正准备谈朱明山指示深入教育的问题,刚才和大家一起走了的一个工作组员——县妇联会的干事田凤英,返回来重新出现在门口上。

"你出来我同你说个话。"妇女干事的一对眼热情地盯着小崔可亲的脸。

"就在这里谈嘛。"小崔当着老白的面有点不自然地说,做出公事公办的样子。

"你来嘛!"那女的更加露骨地娇嗔地撇着嘴,故意似的显出那对酒窝。

"以后再谈吧,"小崔越发尴尬地说,"你看白科长来和我谈工作,一阵参观的人又要来了。你赶快找村干部下地鉴定去吧。"

"那么你下午回区上路过北张村找我……"

田凤英毫不顾忌白生玉注视，向小崔投了一个柔媚的眼色，五短身子轻轻一闪跑了。

"怪不得你往这达钻。"老白发现了秘密似的盯着小崔，"搞上恋爱了嘛！"

"不是，不是，"小崔红了脸，连连地否认，"真个不是，刚……"

"刚开头！对不对？看有怎么甜？你后生有甚事，不要想瞒我！"老白说着想起他远在陕北老家的老婆和娃娃们，不禁感慨起来，"你们后生家有办法，我们农民干部，说不行就甚也不行了。工作、家庭……"

小崔见事情既然露了相，老白又那么感慨，索性把真情实话告诉这个到新区以后最亲近的人吧。他说这田凤英从头年调到县妇联会，他到县上开会去就感觉到她用一种特别的眼光看他，并且有意和他说话和接近。可是那时候他想着李瑛，没有搭这个茬。上半年他到县上几回，表现得不像头一年那么冷淡，她就开始给他写信。这回她到这个区里来工作，总是表现得亲密，给人的印象好像已经没问题了。

"这个同志，"小崔显着犹豫不决地说，"虽然出身还清白，可是学习差，不够踏实，政治上开展不快……"

"怎么？你看我的甚？"老白抿着被胡子茬包围的

大嘴巴笑说，"这号事情我还能给你当参谋？拨火棍吹火哩，一窍不通。我二十三上花了一百二十块揽工积攒的老袁头买下你嫂子，再没为这号事费心思。眼下不同了，你后生不要太急，自己慢慢考虑去。"

"你在县上几个月，看她印象怎么样？"

"和你才说的一样。娃娃家，漂亮啊。那些在乙组学习的说她天天早起迟到，在家里照镜子编辫哩。兜里常装个镜子，开会还拿出照哩，好像世上最她漂亮①，连自己都看不够。听他们说不下乡的时候，常嗅见她身上香喷喷的。那和李瑛是一样的中学生，一齐参加的县训班，你看工作上错怎么一截子？我可听到一点风声……"

"啥风声？"小崔关切地问，心里想着田凤英的轻浮……

"李瑛和张志谦最后断绝了。今早她还到区上来，那可是个好女同志……"

"不行！"小崔知道不是他所猜想的事情，眼色平淡下来，摇摇头说，"李瑛不是咱的对象。人家看样子

---

① "最她漂亮"为陕西方言，与"就你能行"属同一用语模式。

170

比咱的开展还大,你看她进步多快!"他想起朱明山告诉他不忙这个问题的话,坚决地说:"不谈了。你说朱书记关于深入教育的指示吧。"

于是两个人又谈起工作。老白把朱明山叫动员宣传员进行教育和最后把带下来的喷雾器全部贷给群众的话重叙了一遍,并且说李瑛主动跑到区上请示,保险今天回去就搞起来,因为三乡的田间鉴定已经结束了。

"这个指示真好!"小崔高兴地用两只手的指头朝后一拢他的浓密的头发,好像完全没有过什么恋爱问题似的说,"这个指示真好!这两天我就想怎么结束这个工作呢?群众发动起来了,可是绝大部分是从实际利益出发的,看见虫能治了,棉花能救了就干。这当然是对的,也应该摆在前头。可是得到眼前的利益,就要抓长远的利益;要是不深入教育,总觉得好像工作只做了一半,没后劲。朱书记真想得到,喷雾器应该贷给群众;因为不是年年要靠干部下来亲自动手给群众带头。我自己就碰见群众对喷雾器有兴趣了,打听公家还往下贷不贷哩……"

"那么你当成朱书记和梁县长一样?光会说嘴?"白生玉以朱明山为骄傲的样子说,他总忘不了鄙薄梁斌。

小崔却很少在这方面用心思。他立刻改变了主意，不等着这个乡田间鉴定的结果了。把参观者接应过去，他就和老白一道回区上去：召集全区的宣传员代表会，布置后一阶段的工作。他认为这个措施是全胜的重要一步。

约莫到中午的时光，河口区和滨渭区来参观治虫的百十个人，由县委宣传部长、现在是河口区的工作队长吴生亮率领着到了。吴生亮指着他身后一片混杂杂的农民，向白生玉和崔浩田介绍说："这些人大部分是一村来一个主要村干部组织成的，也有没来的村，也有一村群众自动来几个人的。"

"这个这个……"吴生亮在多年小学教员的生活里说惯了这句口头语，好像他总是忘了接着讲什么或者选择他的词字似的，继续说，"时间太紧迫。朱书记来开完会就十二点多了，连夜下通知，打早集中人，到这里。"他看看手表，"已经十二点过了。不过朱书记说只要来一些人看看场面就有好处。刚才我们沿路已经看见这里一伙那里一群治虫的群众。"

乡文书和两个青年、妇女村干部挑来了一担开水，提来了一筐碗。参观的群众你来他去地到一棵老槐树底下舀水喝，有的把从家里带来的"锅块"泡进去吃起午饭来了。也有些人从兜里掏出用纸包的辣角面和盐沫的混合物,这就是当地人的家常"菜"。

村里只有鸦雀叫和牛哞的声音。群众都上地治虫去了,除了留下招待的一个青年和一个妇女干部,所有的村干部都跟工作组干部和乡干部下地做田间鉴定去了。来到老槐树底下看热闹的只有拄着棍的老汉,有的拖着刚学会走的娃娃。有一个聋老汉莫名其妙地打听出了什么事……

"都是共产党领导的天下,光隔条渭河,就是两个样!"有人喝着水嘟囔着。

"咱们回去下力量干!"另一个显出坚决的表情。

"听,听。讲话哩。"

小崔开始按照朱明山的指示讲话。他先讲治虫互助组的组织方法,又讲治虫互助组的几种类型。他说因为扑灭棉蚜虫是一个非常紧急的突击任务,所以可以采取非常灵活的方式,不一定要按原来的生产互助组或居民小组组织,只要群众自愿,人数不要太多就行了。

"生产互助组眼下还不普遍,有些还是有名无实的。"小崔强调不拘形式。

吴生亮舀了碗水,找白生玉一块儿蹲在离人群远一点的一棵小树荫下。他从心里同情老白:没文化,县级机关工作和许多文件、报告、指示没法整。他十分要好地把一只手抚着老白宽阔而微微有点驼的脊背，问他下乡以后的情况。老白和所有的知识分子出身的干部，甚至像吴生亮这样朴实的同志，都保持着那种很不容易缩短的距离。他在陕北也是这样，到新区来以后甚至于变成一种戒备心理，总怕别人捉弄他。他和吴生亮说话很少，而且极简短，好像他要注意听小崔的讲话。

"朱书记真高明，"吴生亮的话头转到当前的工作上来，非常诚恳地说，"人家那讲话办事分寸掌握得很紧。窝瓜也不是几天长老的……"

"受的锻炼多了。"白生玉淡薄地说。他谨慎地不拿梁斌来比了，因为他认为吴生亮和梁斌既是中学的同学，又是地下的老同志，说话要小心。

小崔在老槐树底下接着又讲烟叶水、辣角水、肥皂、石碱和煤油几种材料的配用法。他说在这个乡上又新发现了石灰和榆树皮也可以杀棉蚜虫。他对来参观的群众带几分谦虚又带几分鼓励地说，大约渭河南岸两个区的运动哄起来以后，也可以发现能杀棉蚜虫的新材料，因为劳动者本身就是创造者，只要干起来的人就是可能有创造的人。

"我再补充一点，"小崔重新揭开他的笔记本看着说，"所有烟叶水、辣角水、肥皂、石碱、煤油、石灰和榆树皮，都是两种或两种以上合起来效力大。五乡有一位张福寿老汉把一斤石灰、一两辣面、二两煤油、一两烟沫和二两榆皮面兑了八十斤水，治一亩棉花，只治了一次就完全消灭了棉蚜虫……"

"几斤石灰？"参观的群众里有人要把这个方子抄下来，掏出本本望着小崔。

小崔重说着，很多人都在抄。抄完了，小崔宣布讲话也结束了。

吴生亮、白生玉和小崔领着参观的人群出了村直端走，不管哪个村的地，沿路参观。除了麦收最紧张的几天，一年里再没有地里散布着这样多的人群过——男人、女人，老的和小的。也只有除了麦忙天，你很难看见夏天炎热的中午人们依然坚持在地里劳动。偏偏治棉蚜虫在中午的效力最大，看姑娘们的白脸热得通红……

他们先看了已经治好的棉花地，枝枝叶叶都顶带劲，那些最先治好的棉花苗，神气地站在那里接受阳光的考验，好像它们根本没有生过什么病。后来，他们在离村远的旷野里分了三滩参观正在治的棉花地。有些参观者和治虫者谈了话，都是关于配材料方面的细节，人们怕把棉苗烧死，最注意这个问题。最后，他们重新聚集起来从另一条路上返回来的时候，看见一段棉花地因为发生蚜虫最早，赶治虫运动起来时已经来不及了，棉苗的枝子在烈日下变成钩子，叶子发着秋天才看见的暗红色，显示出可怜相。这给参观者一个警告，纷纷说回来得赶紧干。

半下午光景，在老槐树底下送走了吴生亮带来的参观者，小崔轻松愉快地用两只手的指头朝后一拢他浓密的头发，注意地说："参观这回能解决他们的一些问题。"

"这还不是朱书记去了的结果？"老白说，他不知道梁斌因为一件紧急事回了城，"要是他不去，梁县长才不会叫来参观哩。"

"啊，"小崔带着好意地责备说，"你为啥老是想得那么窄哩？"

给乡文书叮咛过叫告诉工作组一声，小崔就和老白一起回区上去了。因为老白不会骑车子，小崔就推着车子和他并排走，说着话，也不觉得怎么累和怎么慢。

路过北张村的时候，老白想起田凤英叫小崔找她的事。

"去吧，"老白皱起他外眼角的扇形皱纹笑着，"我等你，就是不要粘得时间太长了。"

"不去了。我自己根本不到她想的那个程度。"小崔淡漠地说。

"该不是我说坏了？"

"哪里的话？你把我当成那么没主意的人了？"

出了北张村，重新到旷野的路上。两个人沉默了好大工夫，老白提出他自己的问题。自从下乡以后，他还没有工夫认真地考虑过他应该怎么办，而朱明山早晨已经在电话上问他了。

"你说写信叫家里的来吧？"老白苦恼地自问自答，"生活困难摆在后，万一将来不行还要回陕北，婆姨娃娃一大堆就不如不来了。不叫他们来吧？再来信还不知要说甚话。一个女人身上吊三四个娃娃，离开男人也实在不好过哇……"

小崔推着车子，转过脸来看看老白愁楚的样子，毫不客气地指责说："我觉得你是自找苦恼！我给你说过多少回，说你写信叫来。那时你还在区上，硬要等调了工作以后再说，我就知道你到县上也要拖。你往后想得宽些，看得远些嘛。工作上的意见是工作上的意见，不要和整个的问题混搅成一堆。对哪个领导有意见就连命也不革了？"

"唉！"老白悲观地摇摇头，"还不光是梁县长的问题，自己也实在不行了。"

"你又是这话！"小崔没奈何地一笑，"你不要光看见眼前的困难，看不见往后的希望嘛。整个国家和人民有光明的前途，党能把锻炼了十几年的老同志，光光因为文化低，就撇了不管吗？论文化，我真这么高？老边区的中学还没毕业就调出来工作。要在建设社会主义国家的斗争里不掉队，我一样要学习。"

"学习是要学习，你究竟和我不同。"

"有啥大不同的？你看人家朱书记连小学也没上过吧？他参加工作以前只念过几冬'冬学'，你这十几年里学得比他那个'冬学'底子强吧？你不能否认吧？那就好说了。我说你的毛病就和你学自行车一样，老和以前比，所以不坚持。要是你想到在平原上工作，学会骑自行车终究便利得多，那你就准能学会。我觉得我们除过吸取经验教训，永远也不要倒看。人要老是和以前比的话，不是居功骄傲，就是对新的工作没热情了。你说对不对？"

"道理是对着哩。"老白长长地喘了口气，用手巾揩揩长方形大脸上的汗水，仍然在沉思着。他是在渭河边总想着无定河边的事。

已经没有村庄堵眼，一片树丛底下的渭阳出现在眼前了。

二十

　　早在陕北老区当区委书记的时候,朱明山已经摸得一点做领导工作的门路,在发动一个新的运动初期,领导者应该往工作基础比较好的先进处跑,取得些本钱好指导整个地区。但是当运动在大部分地区已经发动起来以后,他就应该把更多的注意力转向明显地看出是落后了的地方,尽可能亲自去帮助那里解决存在的问题,来避免悬殊太大的不平衡。后来在解放战争中当过连指导员和营教导员以后,朱明山对这一点体会得更深了,因为军队里不注意帮助落后的结果,就不像地方工作一样只是不平衡的问题,而是整个战斗单位的战斗力削弱的问题了。

　　朱明山毫不迟疑地决定留在渭河南岸几天,他脑里萦绕的就是这个思想。

　　在吴生亮负责带着参观者过渭北去的一天,朱明山整天都是和冯光祥在一块儿忙碌着。一早晨,他们在湄镇召集了两个区各乡的工作组长会议。朱明山先是一般地向组长们讲了讲毛主席从实际出发的教训，随后他说明把群众发动起来扑灭棉蚜虫，必须先让群众亲眼看见严重的天然虫害是可以拿有组织的人力治好的道理。他也谈到不是不要对群众进行深入的教育，而是必须在这个基础上进行；他说土地改革的诉苦会也是这样，如果没有丰富的和生动的事实，开多少遍诉苦会也不能把群众从思想上发动起来……

"我们这两个区虽然没发动了群众，可是我们得到了深刻的教训。"朱明山语气和婉地说，竭力在他的讲话里表现出实事求是的精神。他用"我们"两个字避免把自己和大家分开来教训别人的印象："只要我们接受教训，我们往后的工作就会做好的。"

好像打了败仗的指挥员一样的工作组长们，在听梁斌布置工作的报告的同一个湄镇听着朱明山讲话，他的乐观的精神、他的简单明了的言词，和他一心想把工作做好而竭力避免在讲话里影射县长个人的诚恳态度，给了那些从县级机关和各区调来的工作组长们良好的印象。他的讲话把大家灰败的情绪扫除了。有一个好说话的人站起来，眼里眨着讥笑，说他在这里听县长布置工作的时候，就觉得和整个的精神不大一致；但是县长引经据典说了一大篇，他自己水平低，觉得也有道理了。

朱明山不让大家说这类没用而有害的话。他吩咐冯光祥主持大家讨论转变做法所要解决的新问题，自己就去和回到渭阳区上的白生玉通电话。当他说到"南岸两个区虽然没发动群众，可是梁县长有句话说得很对"的时候，他把声音提得很高，有意让在院里讨论问题的工作组长们听见，使他们不要以为县长的一切都错了，简直是一文不值。他说完电话转来，就碰上讨论中提出的两个问题——喷雾器摆毁了很多，并且把带下来的药剂差不多消耗完了。他打听了一下，湄镇有自行车铺，可以修理喷雾器；至于药剂没有了，就拿渭北群众创造的许多土"合剂"治……

直到上午十一点钟才散会，吃早饭。

朱明山吃过饭，就和冯光祥骑自行车到滨渭区的一个乡上。按照他的意见，把工作组干部和乡村干部趁晌午召集在一块儿，让工作组长简单地做一点检讨性的解释，大家就分头到那些不拒绝的村干部和群众的棉花地里治虫去了。朱明山和冯光祥到南王村的滨渭区上去等约好的吴生亮，了解一下参观去的人印象怎样，并且顺路转着看看棉蚜虫严重到什么程度。

田野里看不见治棉蚜虫的，只见一些零零星星提着小水罐锄谷地的人。两个人把自行车放在大路边上锁了,走进田垄里去。

朱明山在一块棉花地里蹲下来,伸手翻看周围的棉花苗。冯光祥蹲在旁边,寻找着标本似的告诉县委书记他跟农民学来的判断棉蚜虫各种严重程度的方法。开始发现,蚜虫只是在棉苗的嫩芽尖上,这个时候只要拿喷雾器朝嫩芽尖上一打药剂就好了;可是如果不治,蚜虫很快地向下边的叶子底下发展,以至于每一片叶子都有,再严重叶子就卷起来了。

"你看这段地大部分棉花苗的叶子都卷着,"冯光祥青年时代在陕北山地里掂过老镢头的粗壮的胳膊一伸说,粗腿跨了两步,在一棵蚜虫更严重的棉苗前蹲下来,"你看,卷起来以后三五天,棉花叶子上面就看见这么些暗红点子。这里一个,这里又一个,噢,这还是一个。这些暗红点子慢慢地扩大,慢慢地整片叶子全泛红了。大部分叶子全泛红了的话,棉花就没收成了。"

"那么像这段地的棉花苗还有救?"朱明山注意地听着,关切地问。

"有救。"冯光祥肯定地说,"只是减产的问题。"

"那么据你了解的情况,这两个区一般的比这个严重呢?还是大部分……"

"大部分和这个差不多。"他们往前走，看见有些棉花地已经翻种了包谷，地面上零落着被翻起根来的棉苗。再往前走，更多的是在棉苗的行距中间套种着包谷，从土色上看，多数是这三两天里才种的。

"朱书记，你看这就是大多数群众的心理，"矮胖的冯光祥指着一块套种了包谷的棉花地，古铜色的圆脸转向朱明山说，"既舍不得把棉花苗翻了，又怕油汗害得棉花长不起来。现在这么一套种，往后下一场雨，什么能收留什么。"

"所以我们要尽可能领导他们治虫，"朱明山沉思地说，显然他已经想到这一点了。他转向附近锄谷地的一个中年农民走去，"老乡，一般的包谷苗都那么大了，这棉花地里赶种的包谷能吃上吗？"

那个把长裤子卷到大腿根上的农民停住锄，望望套种了包谷的那块地。

"想吃哩嘛，"他没把握地眨着眼，慢吞吞地说，"要是伏天不缺雨，棉花地的底粪可大，旁的包谷结两到三个棒子，这结一个小棒子该能行吧？"

朱明山在朝大路上停放车子的地方往回走的时候，不禁感慨起来了。

"你听见了吧？"他盯着冯光祥古铜色的圆脸，语气低沉地说,"连种地的自己也不知道吃上吃不上。我们中国的农民好苦啊,土地改革把他们从封建剥削底下解放出来了,可是那不过像把吊起来的人解救下来一样。一家一户种着这里一小块那里一小块的地,一年四季从早到晚,累断筋骨,可是吃上吃不上自己不知道。地主虽然打倒了,他们的命运还在所谓'老天'掌握着哩……"

"几千年的靠天吃饭思想可不容易克服啦。"到两段地中间只能走一个人的窄道上,冯光祥跟在朱明山背后说。他自己以前种了十几年地,显得很了解这点。

"不容易,是不容易。"朱明山承认,把他的草帽掀到脑后来遮住偏西的太阳,"可是我们不能光靠嘴来克服农民的靠天吃饭思想吧?要靠我们的实际工作吧?不要说像电影里看见的苏联农村吧,拖拉机呀、大卡车呀、灌溉系统呀、防护林呀……我们的农民连最简单的水利建设都很少哩,起码的科学知识也没有。光光旱灾和虫灾就把人整住了,水灾和风灾更不用说。要是能靠我们共产党的领导吃饭,农民就不忧虑靠天吃饭哩。你从刚才那个老乡说话的可怜相还看不出来吗?"

"那自然,"冯光祥咧开嘴对调头来看他的朱明山笑笑,"我那回到西安开组织会议,见苏联电影里的农民开上联合收割机唱歌,那谁还靠天吃饭哩?"

"我说不容易的就是这个。可是你是县委组织部长,不了解我们的干部思想情况吗?"朱明山又掉头来看看冯光祥,意味深长地笑笑。

"梁县长他们以为光靠嘴就能……"

"不是,"朱明山断然地截住,严肃地说,"我主要的不是这个意思,你把问题考虑得狭隘了。对知识分子出身的地下同志和新同志要求得宽一点嘛!不管他们党龄有多长,经过什么考验;可是他们没经过一九四二年和一九四三年整风的锻炼,也没经过一九四七年和一九四八年战争的考验。人家没经过,你和经过的同志一样要求,那就是不公平。难道你不知道毛主席说过知识分子的改造是长期的吗?"

朱明山调头来看冯光祥,组织部长因为自己错误的想法,古铜色的圆脸通红了。

"他和老区来的其他干部是一样的思想。"朱明山心里想。不等冯光祥说什么,继续表白他的想法:"我是说经过整风锻炼,也经过战争考验的同志,他们到这个岔口上没劲了。有的以为自己没文化,悲观了;有的以为自己有功劳,骄傲了;有的以为到站了,要下车。"朱明山说到这里忍不住对冯光祥笑了。现在到了比较宽的路上,两人又并排走着,"白生玉,一个县政府的科长,眼里光看见人家知识分子的缺点,甚至于带那么股仇恨味道,自己可说出这种话:南下的时候组织说了来帮助新区群众翻身,现在新区土地改革完了,他觉着不顺心就要回家。哈……"

朱明山惋惜地大声干笑了,他的笑声在田野里飘荡着,吓跑了路旁树上的小鸟。

"现在要改造农民出身的老干部的思想了,"冯光祥仍然有点惭愧地说,声气里也显示出沉重的心情,"以前是推翻旧社会,农民干部缺少工人阶级思想还不怎显,现在要建新社会,没有工人阶级思想就不行了……"

"对了,"朱明山高兴地说,"这一下说对了。这才是主要的问题,所以要整党。毛主席总是抓一个时期里最重要的问题,我们不管在哪里工作,都要随时注意研究毛主席提倡什么、反对什么。你想十几年的战争里培养起来多少老干部?解决他们的思想问题,不比改造知识分子新干部的思想更迫切吗?他们散到全国,大大小小都是领导者哩。"

到停放自行车的地方了。朱明山骑上车子,冯光祥在后面手把着车把,心悦诚服地看着前面朱明山在自行车上的背影。几天以来,冯光祥一直琢磨着新县委书记怎么下手解决这个县的问题，特别是怎么对待县长。现在他才明白了朱明山的心思主要地竟在这个地方。

冯光祥骑在自行车上很懊悔地想起白生玉经常找他拉谈的情景：他没有像朱明山这样明确地帮助老白解自己思想上的疙瘩，反而有意无意地流露出同情老白对梁斌的不满。想到治棉蚜虫的这些天他自己和县长不和谐的关系，冯光祥更被一种羞愧的感觉烧着脸——他不是像朱明山说的那样，不管县长的态度多么缺乏修养，自己都是从工作的利益出发积极提出改进的方法和他商量，而是抱成见的消极态度。作为县委的组织部长，冯光祥知道一个共产党员和毛主席中间无论隔了多少层领导关系，毛泽东思想总是自己一切工作的指针；但是一个同志究竟接受了多少毛泽东思想，就不光是从讨论会上的发言，更重要的是从对待实际问题的态度上测验。他想着，看看前面蹬着自行车的朱明山，决心要找机会向他坦白说明自己的错误想法，他心里才能觉得自在，因为他是应该挨一顿狠狠的批评的，而县委书记对他太温和了。

他们到南王村，吴生亮已经在滨渭区上等着他们。按照朱明山的意见，所有去参观的人一过渭河就分路回去了。

吴生亮高兴地报告了一遍参观的经过和参观者的反映。

"这个这个,"吴生亮一高兴"这个"也多,好像他要说的很多,不知说哪一点好,"这个,一路上大家议论纷纷。回来过船的时候,大家挤在两只船上,嘈嘈成一片。有人甚至于说棉蚜虫好比美帝国主义,不能给它吓住,一定要组织起来把它消灭了。又有人说志愿军在朝鲜冒着美国的飞机大炮当英雄,咱们能给油汗整住吗?"

"还有些什么反映?"朱明山高兴地噘起薄嘴唇笑着,他最注意群众的反映。

"这个,"吴生亮想了想,"河口区七乡西周村有个叫周子善的,站在船上向两只船大声喊叫着和大家挑战,说所有参观去的人保证组织治虫互助组,给群众做样子,反对回来以后光嘴做宣传。他说做出来才是最带劲的宣传。"

"很好,"朱明山满意地对冯光祥和吴生亮说,"现在工作组就要注意帮助这批人发生推动作用。"

他要跟吴生亮到河口区去,看看那位周子善是个行动家呢,还是只会鼓动。

有人来请他接渭阳区委书记打来的电话。他拿起耳机听着，小崔为召集一次全区宣传员代表会的事请示他。

"很好，"朱明山满意地点头，好像小崔隔着一条渭河能看见似的，"你看见报上发表的关于朝鲜停战谈判的宣传提纲吗？那么既然要开，就把两个内容在一次会上布置下去嘛。喂，这里有县农场的徐永秀同志写的一个关于棉蚜虫的材料，不很详细，可是给农民宣传够了。你让宝生油印一下。发给四个区哩，不要闹本位主义哩！小鬼！过两天见吧。"

朱明山带着从心里喜欢小崔的神情说着，挂了电话，然后吩咐冯光祥叫滨渭区上派人把材料送过河去。

"写这个材料的想法很对，可惜用的时间和方式不大好。"他很珍贵地掏出冯光祥给他的那份关于治棉蚜虫的宣传材料，交还他。冯光祥越看见朱明山胸怀宽广，越觉得自己肚量狭窄，然而这不是可以做作出来的，做作出来给人看破更显出小人。

朱明山不吃饭，就和吴生亮一块儿走了。

（未完）

一九五三，十月七日。

图书在版编目（CIP）数据

在旷野里 / 柳青著. —北京：中国青年出版社，2024.1
（2024.2 重印）
ISBN 978-7-5153-7237-2

Ⅰ.①在… Ⅱ.①柳… Ⅲ.①长篇小说—中国—当代 Ⅳ.
① I247.5

中国版本图书馆 CIP 数据核字（2024）第 015447 号

出 版 人：皮　钧
责任编辑：陈章乐　秦婷婷
书籍设计：瞿中华

出版发行：中国青年出版社
社　　址：北京市东城区东四十二条 21 号
网　　址：www.cyp.com.cn
电子邮箱：jdzz@cypg.cn
编辑中心：010-57350585
营销中心：010-57350370
经　　销：新华书店
印　　刷：北京科信印刷有限公司
规　　格：850mm×1168mm　1/32
印　　张：6
插　　页：4
字　　数：100 千字
版　　次：2024 年 1 月北京第 1 版
印　　次：2024 年 2 月北京第 3 次印刷
定　　价：39.00 元

如有印装质量问题，请凭购书发票与质检部联系调换
联系电话：010-57350337